www.elveaverlag.de
Kontakt: elvea@outlook.de

© ELVEA 2021

Alle Rechte vorbehalten.
Das Werk darf, auch teilweise,
nur mit Genehmigung des Verlages
weitergegeben werden.

Autor: Harald Braem

Titelbilder: Corey Ford, Pixabay

Covergestaltung/Grafik: ELVEA

Layout: Uwe Köhl

Projektleitung

ISBN: 978-3-946751-01-4

Harald Braem

Der die Adler sieht

Historischer Roman

›Die eigenen Gefühle sind die Stimmen von Millionen Vorfahren, von denen es jedem Einzelnen gelang, in einer erbarmungslosen Umwelt zu überleben und sich zu reproduzieren.‹
(Yuval Noah Harari)

›Tausend Worte reichen nicht aus, um Schönheit beim Namen zu nennen. Dieses welke Blatt dort im Wind ... es sieht aus, als würde es tanzen ...‹
(Harald Braem)

Der Autor

Prof. Harald Braem ist Buch- und Filmautor (u.a. Terra X). Er lebt auf der Kanareninsel La Palma und in Nierstein am Rhein. Seit 1984 betreibt er Feldforschung auf den Spuren der Ureinwohner.
Weitere Informationen: www.haraldbraem.de

1
Die Einweihung

Die Frau mit den drei Augen erwachte und spürte sofort, dass jetzt der richtige Zeitpunkt gekommen war. Die Veränderungen in der Umgebung: Die Luft schmeckte anders, das Grün leuchtete in der frühen Morgensonne stärker als sonst, es schien zu brennen. Wo das Licht auf freie Flächen traf, waberten Dunstwölkchen auf, tanzten spiralig hoch. Der Wind flüsterte im Schilfwald. Es raschelte, als seien darin Wesen unterwegs, die sich säuselnd unterhielten. Und das Meer gab mit Geisterstimmen Antwort. Dämmerung griff mit Spinnenfingern nach ihr.

In der Nacht mit wirren Träumen und seltsamen Bildern war ihr der Kulkul erschienen, der unsichtbare schwarze Vogel mit der schaurigen Stimme, die direkt in ihrem Kopf entstand.

»Mola« hatte er gesagt, »Dreiaugenfrau. Du bist die Schamanin deines Stammes. Du hast dafür zu sorgen, dass alles der Bestimmung folgt und kein Unglück geschieht. Du musst den magischen Pfad betreten.«

Mola war alt. Wie alt, das wusste niemand genau, nicht einmal sie selber. Eine kleine, zähe Frau, dürr wie Schilfgras, aber ebenso kräftig und biegsam. Sie konnte stundenlang reglos an einer Stelle verharren, aber sich auch schnell und geschmeidig wie eine Echse bewegen. Und sie besaß tatsächlich drei Augen. Zwei mit Lidern, die sich wie bei normalen Menschen heben und senken ließen und ein drittes auf der Stirn, das immer offen stand und starr blickte, denn es war tätowiert. Mit diesem dritten Auge konnte sie in die Vergangenheit und in die Zukunft blicken, nicht aber in die Gegenwart des Hier und Jetzt, weshalb sie oft die Zeit mit geschlossenen Augen in einer Art Halbschlaf verbrachte, damit sich ihr das Westliche klarer offenbaren konnte. Die übrigen Zeichen an ihrem Körper dienten dem freien Lauf der Kraft, damit der große unsichtbare Strom besser durch sie hindurchfließen konnte und Gutes bewirken. Abora ... Eine Schlange am rechten Arm, Punkte, Kreuze und Wellenbänder auf den Handrücken und rund um die Fingerknöchel.

»Du musst dem magischen Pfad folgen« hatte der Kulkul mehrmals mit krächzender Stimme geschrien, und sein Befehl war bis in alle Winkel ihres Bewusstseins gedrungen. Schweißnass war sie von ihrem Nachtlager hochgeschreckt. Ihr Herz klopfte wie eine Trommel. Aber mit plötzlicher Klarheit wusste sie wieder, was es nun zu tun galt. Der magische Pfad! Wie hatte sie das nur vergessen können? Sie vergaß so vieles in letzter Zeit, brachte gestern, heute und morgen durcheinander. Aber die Stimme des Kulkul hatte sie wachgerüttelt. Der Tag der Namenssuche! Bei Mädchen war alles leichter, da gab es die Treffen und Riten am heiligen Weiher, nahe gelegen zwar, doch für Männer unsichtbar, da die Wasserstelle von einem Tabu umgeben war.

Jungen mussten den magischen Pfad gehen, der beschwerlich und voller Gefahren war. Und sie musste sie führen ... Es war lange her, seit Mola das letzte Mal auf ihm unterwegs gewesen war, sehr lange. Mit wem war das nur? Ach ja, mit Agar, dem kleinen Agar, der jetzt ein großer kräftiger Mann war und Mencey des Stammes … Von einem Erinnerungstrubel begleitet erschienen Gesichter von Jugendlichen, die heute Männer waren, vor ihrem dritten Auge. Jung und neugierig waren die Kerle damals gewesen und sie selber auch wesentlich jünger. Die Bilder in ihrem Kopf schienen aus einer fast vergessenen Zeit zu stammen.

»Hol die Neuen!«, rief die dunkle Stimme des Kulkul, »Tanat und Gara. Führe sie, damit sie ihre richtigen Namen finden!«

Mola gehorchte dem schwarzen Vogel, dem Ruf aus der anderen Welt. Sie folgte stets seinen Anweisungen, ihr gesamtes Leben lang, es war ihre Aufgabe, ihr Schicksal. So konnte sie dem Stamm auf die einzige Weise dienen, die sie leben konnte: als Seherin und Heilfrau.

»Ich muss alles richtig machen«, murmelte sie, »darf nichts vergessen … die Schale, die Feder, die anderen Dinge …«

Sie begann in den Schätzen zu graben, die neben ihrem Lager unter trockenem Schilf verborgen ruhten.

»Es gibt nur diesen einen, weiten Weg in die Berge«, flüsterte sie.

Warum das so war wusste sie nicht. Es hieß, so sei es von alters her Brauch gewesen. Schon bei ihrer Vorgängerin, die vor langer, langer Zeit verstorben war. Niemand konnte sich mehr an den Namen erinnern. Aber ihr Wissen war auf Mola übergegangen. Sie musste nur einfach weitermachen. Sie zweifelte keinen Moment lang daran, dass es genau das Richtige für ihren kleinen, mageren Körper war. Und für ihren ständig unruhigen

Geist. Sie musste so handeln. Gerade an einem so besonderen Tag wie heute ...

Sie beugte sich über den zusammengerollt schlafenden Tanat und betrachtete ihn, als sähe sie ihn heute das erste Mal, sein braungebranntes Gesicht mit den dunklen Locken und erstem Ansatz von Bartflaum am Kinn. Der Junge durfte in ihrer Hütte schlafen, weil ansonsten kein Platz für ihn war. Sie berührte sanft seine nackte Schulter. Tanat fuhr hoch und rieb sich schlaftrunken die Augen.

»Was ist los?«

»Heute ist der Tag«, flüsterte Mola. »Wir müssen sofort aufbrechen.«

Tanat brauchte einen Moment, um zu begreifen, was die Medizinfrau meinte.

»Geh und hol Gara«, sagte Mola mit einer Betonung, die keinen Widerspruch duldete.

Tanat stand auf und verließ rasch die Hütte, während die Alte noch einmal prüfend ihre Schätze sortierte und sorgfältig in einem Korb verstaute. Sie würde ihn auf dem Rücken tragen, das war die leichteste Art. Und wenn der Weg dann doch zu lang werden würde und ihre Kräfte nachließen, konnten die beiden Jungen abwechselnd die Last übernehmen. Tanat und Gara, sprach Mola zu sich selbst, Tanat, den ich ohne Eltern fand und aufnahm, als wäre er mein Sohn, weil ich selbst keine Kinder gebären kann ... und Gara, der Spross unseres Häuptlings. Beides mutige Jungen. Sie werden es schaffen. Dass auch sie die beschwerliche Reise unbeschadet überstehen würde, daran zweifelte sie keinen Moment lang.

Tanat war inzwischen im Halbdunkel zur Nachbarhütte getappt und fast über die beiden Hunde gestolpert, die am Eingang schliefen, große schwarz- und braungefleckte Hunde. Die hoben nur träge die Köpfe, um gleich danach wieder die Schnauzen auf die ausgestreckten Pfoten sinken zu lassen. Nicht einmal ein Knurren. Sie kannten sich gut. Es war in Ordnung, dass er über sie hinweg stieg und in gebückter Haltung durch das Einstiegsloch in die Hütte schlüpfte. Er bewegte sich lautlos, um nicht Garas schnarchende Eltern Agar und Ula zu wecken.

»Es ist soweit«, flüsterte Tanat Gara ins Ohr. »Wir müssen los. Mola wartet bereits.«

Gara war sofort wach und folgte dem Freund ohne weitere Fragen.

Lautlos begann ihr Weg, und so sollte es den ganzen Tag über bleiben. Ohne Unterhaltung, ohne unnützes Reden. Sie durchquerten den Schilfwald in östliche Richtung. Mola schritt voraus, den tanzenden Lichtstrahlen folgend, auf leuchtendem Pfad, immer der aufgehenden Sonne entgegen. Nicht allzu schnell, aber mit der Wendigkeit einer Echse sich schlängelnd, bewegte sich Mola, stolperte nie, hielt beständig das gleiche Tempo. Sie war im Trance. Das dritte Auge hatte sich mit dem Zustand abgefunden und schlafen gelegt. Die anderen beiden benötigte sie kaum. Sie sah mit den Füßen und spürte im Voraus, wo es gut war aufzutreten, einen großen Schritt oder keinen Sprung zu machen. Mola bewegte sich tänzerisch vorwärts und das übertrug sich auf die Jungen. Stundenlang liefen sie so durch ödes, steiniges Buschland, nur auf den Rhythmus des Atems achtend, der wie leise Musik wurde, ein andauernder Urton. Die Sonne im Rücken begann langsam zu versinken.

Ihr Marsch führte nun über eine geröllbedeckte Ebene, in der in dichten Inseln niedriges Buschwerk wuchs. Hart und stachelig, aber grün in der Sonne glänzend. Wäre gutes Weideland für Ziegen, dachte Tanat. Er hielt die rechte Hand schützend vor die Augen und spähte über das weite Gelände bis hinüber zu den Bergen. Inzwischen waren sie ein gutes Stück der Hügelkette näher gekommen. Er sah dichten Wald wie einen dunklen Saum die Berge umschließen. Weiter oben nackter Fels, mitunter seltsam geformt wie riesige, schlummernde Tiere. Weitere Einzelheiten konnte er nicht mehr ausmachen, denn er war nur kurz stehengeblieben und musste sich nun beeilen, um wieder Anschluss an den vorauslaufenden Gara zu finden. Es ging unaufhaltsam weiter.

Unterwegs überfiel sie der Hunger. Aber die beiden Jungen bissen die Zähne zusammen und ließen sich kein Schwächegefühl anmerken. Sie wussten es, man hatte es ihnen vorausgesagt: Auch das, die Überwindung des Hungers, genau wie das Schweigen, gehörten zur Prüfung, ganz gleich wohin sie dieser Weg führen würde. Nur mit dieser Einstellung war es möglich, das Ziel zu erreichen.

Mola spürte nichts. Sie lief voraus, hatte Gara den Korb überlassen. Sie sprach kein Wort. Sie war mit sich und ihren Gedanken allein ... Es fiel ihr immer schwerer, sich an die vielen Einzelheiten zu erinnern, die ganz früher, vor langer, langer Zeit, als sie noch jung war, geschehen waren. Und wenn, dann brachte sie das meiste durcheinander. Sie musste sich konzentrieren, von allem Denken freimachen, von den Bildern, die ständig auftauchten und sie verwirrten. Nur das Hier und Jetzt galt, dieser Weg ins Gebirge, der ein unsichtbarer Pfad war.

Sie musste ihn fühlen, im gesamten Körper spüren, nur so war es richtig ...

Gegen Abend erreichten sie einen schmalen Bachlauf. Sie stürzten darauf zu und legten sich zum Trinken wie Tiere ins Nass, tauchten ihre Gesichter ins Wasser, genossen die erfrischende Kühle. Das Hungergefühl war verschwunden. Dafür übermannte sie eine große Müdigkeit. Sie rollten sich zwischen Buschwerk in eine schützende Mulde und schliefen vor Erschöpfung sofort ein. Ohne Träume, ohne innere Bilder und Stimmen.

Jedenfalls traf das auf Tanat und Gara zu. Die Medizinfrau sah immer Bilder. Sie lebte in einer Art Traumzeit, in der Tag und Nacht, das Jetzt, Gestern und Morgen ineinander verschwammen. Wenn wirklich mächtige Bilder auftauchten, Visionen, wenn sie die Stimme des Kulkul hörte, dann war sie sofort hellwach, lebte in ihrer bedeutsamen Wirklichkeit, dann gab sie dem Kulkul und den anderen Stimmern in ihrem Kopf Antwort. Oder sie begann zu singen. Lieder ohne Worte, die nur aus gefühlten Klängen bestanden. So wie Hummel und Bienen summen, die Fliegen, wie sich Vögel verhalten, wenn sie mit der Welt einverstanden sind.

In dieser Nacht geschah nichts dergleichen und das beruhigte Mola sehr. Gegen Morgen schnarchte sie so laut, dass Tanat und Gara davon aufgeweckt wurden. Obgleich sie sich vorsichtig hochbewegten, war Mola sofort wach ... Sie hustete, räusperte sich und sprudelte einen Klumpen Schleim aus. Das waren die Geister, die sie nicht mehr gebrauchen konnte.

»Ja« sagte sie, als ihre Stimme wieder klar vernehmbar wurde, »dann brechen wir auf.«

Gara verzog das Gesicht »Ist es noch weit?«, fragte er, froh darüber, dass die Medizinfrau das Schweigegebot für einen kurzen Moment gelockert hatte.

»Genau wie gestern. Ungefähr. Wenn wir auf dem richtigen Weg sind, müssten wir gegen Abend ankommen.«

»Sind wir auf dem richtigen Weg?«, hakte Gara nach.

»Sind wir das? Natürlich sind wir auf dem richten Weg.« Ihr Gesicht verzog sich zu einer spöttischen Grimasse. »Das sind wir doch immer«, fügte sie hinzu.

Sie stand auf, schlenkerte kurz Arme und Beine und machte sich marschbereit.

Der Weg führte nun ständig ansteigend über buschbestandenes Hügelland in Richtung der Berge. Ab und zu musste Mola kurz stehen bleiben um zu verschnaufen. Aber da sie keine Seitenstiche verspürte, schritt sie entschlossen weiter. Es wurde ein endlos quälender, mühsamer Marsch. Schließlich erreichten sie kurz vor Einbruch der Dunkelheit den terrassenförmigen Sockel eines Berges. Hier begann Mola zwischen großen, herabgestürzten Felsbrocken nach der richtigen Stelle zu suchen. Gebückt huschte sie hin und her, verschwand und tauchte unerwartet an anderer Stelle wieder auf. Schließlich ertönte ein Freudenschrei. Sie hatte das Gesuchte gefunden: eine mäßig sprudelnde Quelle und daneben, kaum mit dem bloßen Auge erkennbar, die spärlichen Überreste einer alten Feuerstelle.

»Holt Reisig und Äste. Im Umkreis liegt genug davon. Beeilt euch, bevor die Nacht anbricht. Ich bereite das Übrige vor.«

Mola nahm Baumzunder aus ihrem Korb, zerbröselte ihn über einem Nest aus trockenen Pflanzenstengeln und ließ den Feuerquirl geschickt durch die Hände gleiten. Erste Glühpunkte tauchten auf. Mola beugte sich vor und blies sie an, bis eine erste zarte Rauchwolke aufstieg. Bald darauf flackerte ein gut geschichtetes Feuer hoch. Noch immer hatten sie nichts gegessen, spürten aber kaum noch den Hunger. Als die Flammen gelb, rot und bläulich tanzten und kleine leuchtende Glutspritzer in die Dunkelheit sandten, wo sie knisternd verloschen, als der Rauch verzogen war, holte Mola die heiligen Dinge aus dem Korb: die hölzerne Schale, die alte zerfranste Feder und die getrockneten Pilze und Beeren, die in ein gerolltes Blatt eingewickelt waren. Eine Handvoll unscheinbarer schwarzer Beeren und Pilze. Sie wies Tanat an, mit der Schale Wasser zu holen. Als er zurückkam, war sie bereits dabei, die schwarze Masse in einer Steinmulde zu Pulver zu zerstampfen. Sie benutze dafür einen glatten, länglich geformten Stein, den sie zuvor nahe der Feuerstelle aufgelesen hatte, als Stößel und die natürliche Wölbung im Felsen als Mörser. Sie nahm die Schale entgegen, hielt sie in der Linken, tauchte mit dem Fingern der rechten Hand ins Wasser und spritzte das Nass in alle vier Richtungen des Himmels. Dann ließ sie das schwarze Pulver in die Schale rieseln, fuhr mit der Handfläche hinein, rührte um, damit sich die Kräfte der Natur verteilen konnten. Dabei sang sie. Ein uraltes Lied, deren Text und Sinn sie nicht mehr so genau zusammen bekam. Aber es beruhigte die Sinne.

Mola reichte Gara als erstes die Schale, nickte ihm aufmunternd zu. Gara trank einen großen Schluck und gab an Tanat weiter. Auch Tanat trank. Bereits beim ersten Schluck spürte er einen galligen Geschmack auf den Lippen, ein Brennen im Mund und Rachen. Danach ein Hinabfließen wie Feuer im Schlund, im Bauch und im Magen, eigentlich überall, bis hinein in Arme und Beine. Mit zittriger Hand hielt er Mola die Schale entgegen. Er fühlte sich schwindelig und merkwürdig leicht, als besäße sein Körper kein Gewicht mehr. Ein kräftiger Windstoß und er würde vom Boden abheben und wie ein welkes Blatt davongetragen ... Tanats Blick streifte kurz seinen Freund Gara. Der saß stocksteif da, mit glasigen Augen und war bleich wie von der Sonne ausgetrocknetes Strandgut, sein blondes Haar schien zu glitzern. Das mochte aber auch am Schein des flackernden Feuers liegen, denn die Gestalt der Medizinfrau hatte sich ebenfalls verändert. Wie eine Zwergin sah sie aus und ihr Gesicht war zu einer Grimasse verzerrt.

Mola spürte plötzlich, wie schwer ihre mageren Glieder wurden. Ein Druck lastete auf ihren Schultern, der bis in die Knochen hineinfuhr. Wer würde einmal das Ritual ausführen, wenn sie dazu nicht mehr imstande war? Bea die kleine Blume? Die war noch so jung und nicht tätowiert, noch so weit von ihrer Berufung entfernt. Sie öffnete einen Moment lang beide Augen, damit das dritte ausruhen konnte. Ihr Blick fiel auf Tanat, der in seltsam verbogener Haltung am Feuer hockte, als sei er ein trauriger Vogel, eine namenlose Krähe, weit, weit entfernt vom übrigen Schwarm und verlassen. Dieses Bild rührte Mola an. In einer Art Abwehrzauber begann sie zu lachen. Schrill und kreischend lachte sie eine Spirale aus tausend Vogelstimmen in den Nachthimmel.

Das lautstarke Spektakel riss die beiden Jungen aus ihrem Dämmerzustand und ließ sie schlagartig wach werden. Mola entzündete in der Glut einen Kienspan, stand auf, ohne dabei wesentlich größer zu werden und wies mit der Fackel in Richtung der Felsen.

»Kommt«, sagte sie, »folgt mir. Ihr dürft es jetzt sehen.«

Mit entschlossenen Schritten ging sie in die Dunkelheit hinein. Tanat und Gara folgten ihr rasch, um im Lichtschein der Fackel zu bleiben. Nach kurzer Zeit erreichten sie den Eingang einer Höhle. Ohne zu zögern trat Mola ein. Sie schien keinerlei Angst vor den Geistern im Bauch der Erde zu haben. Mutig schritt sie voran. In gebückter Haltung sich vortastend, passierten sie einen Gang mit niedriger Decke, der sich plötzlich zu einer Art Halle hin öffnete. Mola blieb stehen und fuhr mit der Fackel die Wände entlang. Da erschienen die ersten Tiere, seltsame Wesen mit Hörnern und Fell, Ungeheuer und Dämonen, wie sie Tanat und Gara nie zuvor zu Gesicht bekommen hatten. Und das schreckliche war: diese Wesen begannen sich zu bewegen, liefen die Wände entlang, zwei Raubkatzen mit riesigen Zähnen, gekrümmt wie Hauer, setzten zum Sprung an. Und die Augen waren starr auf Tanat und Gara gerichtet.

»Was ist das?«, flüsterte Gara mit ängstlicher Stimme.

»Das sind Tiere«, antwortete Mola. »Tiere, die einmal hier gelebt haben vor langer, langer Zeit.«

»Und wer hat sie gemalt?«, fragte Tanat, denn ihm wurde langsam klar, dass es nur gemalte Bilder sein konnten und keine lebendigen Wesen und dass der Eindruck von Bewegung durch das unruhig zuckende Licht der Fackel entstand.

»Menschen«, sagte Mola. »Menschen, die in der grauen Vorzeit hier lebten. Sie verehrten die Tiere und jagten sie nur, wenn sie Hunger hatten. Aber um sie jagen zu können, mussten sie zuvor ihre Tierseelen bannen. Hier in der Höhle, am geheimen Ort, den nur die wenigsten kennen.«

Noch einmal leuchtete sie mit der Fackel die Wände ab und diesmal betrachteten sie alles in Ruhe, jedes Detail, jeden Strich, jede Gravur. Dann erlosch das Licht und sie befanden sich in völliger Dunkelheit. Der Kienspan war abgebrannt, Mola zerstieß den Rest der Glut auf dem Boden.

Nun begann ein unsicherer Rückweg durch die Nacht. Sie tappten dicht an dicht hintereinander her und waren froh, endlich wieder das Lagerfeuer zu erreichen. Sofort legte Mola Holz nach, ließ Licht und Wärme entstehen, die sich wie ein Schutzmantel um die Jungen schmiegte. Dafür waren Tanat und Gara dankbar, denn sie standen noch immer unter dem Einfluss des soeben Erlebten. Die starken Bilder im Bauch der Erde wirkten nach. Und die unheimliche Stille dort! Als schlafe an diesem Ort alles Leben und würde nur geweckt, wen man die Höhle betrat. Noch einmal machte die Trinkschale die Runde. Diesmal brannte es nicht mehr in der Kehle. Stattdessen breitete sich ein warmes Wohlgefühl aus, das zufrieden und schwerelos durch den Körper floss. Ich bin wie eine Amme, dachte Mola. Ich säuge träumende Kinder. Aber bald werden sie wach und sich auf den Weg machen ...

Sie goss den Rest der Schale ins Feuer, wedelte sie mit der Feder trocken, stülpte sie um, nahm einen als Schlegel geeigneten Stock aus dem Reisighaufen und begann, die Holzschale als Trommel zu nutzen. Sie schlug stetig den selben Rhythmus, der sich nach und nach langsam steigerte. Dann sang sie in ihrer Geheimsprache. Niemand verstand es, wahrscheinlich nicht einmal Mola. Aber das spielte keine Rolle. Wichtig war nur, dass die Stimmen der Nacht harmonisch mit einstimmten, der Wind, das leise Flüstern aus den Bergen, die Geräusche, die ganz anders klangen als der gewohnte Atem des Meeres.

Tanat und Gara versanken in einen tiefen Schlaf der zum einen von der Erschöpfung stammte, zum anderen der Wirkung der Pilze und Beeren zuzuschreiben war. Dass sie bei alldem dennoch bei Bewusstsein blieben, verdankten sie Molas Trommelgesang. Die Medizinfrau hörte nicht auf zu singen, als sie die Trommel absetzte, Holzstücke ins niedergebrannte Feuer nachschob und allerlei Dinge tat, die sie selber nicht verstand. Niemand sah zu. Sie tat es, weil sie es tun musste. Ein Kraut, das sie unterwegs gepflückt hatte, ins Feuer werfen. Mit der Feder den aufsteigenden Qualm wirbelnd zerteilen. Tief atmete sie ein, damit sich der Geist des Krautes in ihrem Inneren ausbreiten konnte. Sie war das Gefäß für das heilige Ritual, und diese Opferschale musste rein und von allem Bösen befreit sein.

Gara sah mit geschlossenen Augen das Meer. Es reichte grenzenlos, lag wie ein glänzender Spiegel unter der Sonne, die Wellen nur wenig gekräuselt, bis auf jene nahe am Strand. Ideal für einen Ritt auf dem Schilfbündel. Mit ein paar rudernden Armbewegungen steuerte er weiter hinaus. Es war herrlich. Diesmal würde er seine persönliche Bestleistung überbieten, das spürte er deutlich. Er war wie sein Vater zum Siegen geboren. Das Meer war sein Element, er liebte es zu schwimmen und nach Muscheln zu tauchen. Am meisten aber den freien Ritt über das Wasser. Das Schilf umschlungen über Wellen zu gleiten, sich zu fühlen wie ein Delfin. Eine Weile trieb er so ohne Gedanken, mit Salz und Wind auf der Haut. Dann war es genug. Noch nie war er so weit draußen gewesen. Er musste umkehren, zurück in die Bucht, um dort die Brandungswellen zu reiten. Aber eine plötzliche Strömung trieb ihn ab, immer weiter vom Ufer weg, seitlich auf Felsen zu. Das war gefährlich, denn das Meer klatschte dort kräftig an Land. Gara kämpfte dagegen an, kam aber nicht voran. Im Gegenteil, die zerklüfteten Felsspitzen rückten bedrohlich näher. Er hörte ein Donnern und Gurgeln in seinem Rücken, dann schlug eine riesige Woge über ihm zusammen, zog ihn hinunter bis zum Grund, wo er hart auf den Steinen aufschlug. Er kam wieder hoch, schnappte nach Luft und wurde erneut, von einer zweiten Welle, erwischt. Sie wirbelte ihn durch. Er wusste nicht mehr, wo oben oder unten war. Und wo war das Schilfbündel geblieben? Erlebte er einen sehr intensiven Traum, oder war das Wirklichkeit? Er rappelte sich mühsam auf und fand sich auf dem Boden liegend neben der Feuerstelle. Er musste wohl im Sitzen eingeschlafen und zur Seite gefallen sein. Benommen betastete er seine Stirn und die Schläfen. Kein Blut. Nur Schweiß … Sein Blick fiel auf das Gesicht der Medizinfrau. Aber das war nicht Mola. Dieses Wesen war jung und hübsch. Es sah aus wie Grea die mit den Augen lächelt. War sie es? Wie konnte das sein? Sein Herz schlug schneller. Es klopfte wie eine Trommel.

Etwas völlig Anderes passierte mit Tanat. Er hatte die Augen geschlossen und sah nichts. Er spürt nur, dass sein Körper immer leichter wurde, so als hafte er nicht mehr an der Erde, als würde er schwerelos mit dem Wind schweben. Er wünschte sich, durch Zeiten und Räume zu fliegen, spielerisch dahinzugleiten für alle Ewigkeit. Es hielt ihn nicht mehr länger am Feuer. Er erhob sich und stieg durch dichten Nebel nach oben. Der erste Lichtstrahl in der Morgendämmerung bildet vor ihm eine Linie, einen leuchtenden Pfad. Er folgte ihm. Sicher die Füße setzend, als würden diese den Weg wiedererkennen, steigt er hinauf in die Berge, immer höher, von Nebelschwaden umweht. Blindlings klettert er weiter, tappt sich vor wie in einem seltsamen Traum und durchstößt plötzlich die Wolkendecke. Blau ist der Himmel, gleißend die Sonne und die Sicht weit, als würde sie die ganze Welt umfassen. Er sieht endlose Zonen aus Buschland, Hügel, Bauminseln. Weißliche Schlieren durchzeichnen den Himmel. An manchen Stellen der Ebene steigt Feuchtigkeit auf, als würden dort Feuer qualmen. Aber er sieht nicht das Meer, ist noch zu weit vom Schilfwald entfernt, von den Dünen der Brandung. Nie zuvor war er so weit weg von allem, was ihm bekannt und vertraut ist. Plötzlich durchdringt ein lauter, spitzer Schrei die Stille. Ein riesiger Vogel mit braunen Schwingen steift über den Himmel, ein Adler. In einer weit ausladenden Spiralbahn steigt er immer höher hinauf bis zur Sonne. Dann driftet er nach Westen ab, wird ein schmaler schwarzer Streifen am

Horizont, ein winziger Punkt. Schließlich ist er verschwunden. Der Schrei ist Tanat in Mark und Bein gefahren, wie ein Messer in sein Innerstes hinein, ohne Schmerz zwar, aber mit der Gewissheit, dass er diesen Moment und diesen Laut nie mehr im Leben vergessen wird. Zunächst hatte sich sein Körper verändert, ganz allmählich, aber doch deutlich spürbar. Diese Kraft in den Armen! Wie beim Wellenreiten, nur viel leichter, weil kein Wasser da war, kein Druck der Wogen, kein Widerstand. Es kam Tanat vor, als würde er schweben. Ein einziges Heben der Arme nur und er würde spielerisch leicht die Luft ringsum zerteilen und bis in die Fingerspitzen hinein das sanfte Streicheln des Windes spüren ...

Aber er konnte sich nicht bewegen, ein Gewicht lastete mit einem Mal schwer wie Baumstämme auf seinen Schultern und Knien. Er war fest mit dem Boden verbunden, als wachse sein Körper aus dem Felsen heraus. Sein Geist aber wollte fliegen, sich erheben und frei sein ... Er fand sich am Lagerfeuer wieder, öffnete vorsichtig die Augen. Gara saß schlafend da, sein Kinn war auf die Brust gefallen, und die blonde Mähne bedeckte sein Gesicht.

Das Holz war zu Asche heruntergebrannt. Mola hockte davor und wedelte mit ihrer Feder Wölkchen auf, verteilte weiße Flocken im Umkreis. Tanat beobachtete sie genau. Sie schien ein kleines Kunstwerk zu schaffen, eines das nur von kurzer Dauer war. Der erste heftige Windstoß wirbelte alles durcheinander. Aber das störte sie nicht in ihrem Tun. Stattdessen streichelte sie nun mit der Feder den Wind, formte in der Luft unsichtbare

Gestalten. Als sie den Kopf hob, traf ihr Blick auf seine erstaunten Augen.

»Ich habe geträumt«, sagte Tanat mit belegter Stimme.

»Wir träumen doch alle ständig« gab Mola zur Antwort. »Wie war dein Traum?«

Tanat versuchte, das Erlebte in Worte zu fassen, aber es gelang ihm nicht. Was war nur geschehen? Wie sollte er das ungewöhnliche Gefühl beschreiben?

»Nimm noch etwas von den Beeren«, sagte die Alte und bot ihm zwei der verschrumpelten schwarzen Kugeln in die offene Hand. Er nahm sie entgegen und zerkaute sie mit Bedacht zwischen den Zähnen.

»Wie heißt Du?«, fragte Mola.

»Tanat«, stotterte er aus trockenen Lippen.

Warum fragte sie das? Hatte sie seinen Namen vergessen? Erkannte sie ihn nicht mehr? Verwirrt schüttelte er sich.

»Nein, so heißt du nicht.«

Tanat schluckte.

»Das war dein Kindername«, sagte Mola. »So nannten wir dich, als wir dich noch nicht näher kannten. Dein richtiger Name lautet: Der die Adler sieht. Das ist dein Kraftname, mit dem du endlich das bist, was du immer sein wolltest … Du hast doch den Adler gesehen?«

Tanat nickte benommen.

»Und was war das Besondere daran?«, fragte Mola.

»Er flog nicht in Richtung der Berge. Er kam vielmehr von dort.«

»Und wo wollte er hin?«

»Das weiß ich nicht«, gab Tanat zur Antwort. »Ich glaube, er wollte zum Meer und weiter hoch bis zu einem fernen Horizont. Er kann sehr lange fliegen, ohne müde zu werden.«

Die Medizinfrau begann mit spitzen Fingern in ihrem Korb zu tasten, holte ein zum Bündel gefaltetes Blatt hervor, rollte es auf und übergab dem Jungen den Inhalt. Es war eine Kralle, eine große gebogene Kralle, die Kralle eines Adlers.

»Ich habe es schon früher gewusst und für dich aufbewahrt bis zum heutigen Tag«, sagte Mola. »Schneide ein Lederband von Ulas Ziegenfellen und trag die Kralle als Kette am Hals. Sie wird dir Kraft schenken. Es ist dein Talisman.«

Tanat hielt das Geschenk in der Faust umklammert, spürte die Stärke und Schärfe, und in seinen Ohren schrillte noch einmal der Schrei des großen Vogels am Himmel.

»Trag ihn mit Bewusstsein, schärfe täglich deine Sinne und schütze unseren Stamm«, sagte Mola und küsste ihm die Stirn.

In diesem Moment erwachte Gara aus tiefem Schlaf. Benommen rappelte er sich hoch, betastete vorsichtig seine Stirn. Aber da war nichts außer Resten von Traumfetzen. Kurze Erinnerungen an die Gesichter von Grea, seiner Mutter Ula, an Agar, Tanat und die Anderen. Meist aber nur Blau, ein unendliches Blau wie das Meer und der Himmel. Wellenringe, die miteinander spielten und verschlungene Muster formten. Sein Körper fühlte sich so leicht an, als würde er als Gischt über Brandungswellen schweben.

»Ich kann das Meer riechen«, sagte Gara. Verwundert rieb er seinen Kopf. »Ich weiß, dass das eigentlich unmöglich ist. Wir sind lange gelaufen und weit weg davon. Aber trotzdem kann ich das Meer riechen.«

Er saß noch immer mit Tanat und Mola auf der Felsterrasse am erloschenen Lagerfeuer. Genau auf dem Platz, den er zu Beginn seiner Geistreise verlassen hatte.

»Das konntest Du schon immer«, deutete die Medizinfrau. »Und jetzt hast du endlich deinen Namen gefunden: Der das Meer riecht. Schau, was ich Dir mitgebracht habe.«

Sie zauberte aus ihrem Korb ein weiteres Blattpaket hervor. Darin war ein harter, weißer Klumpen eingewickelt, der aus vielen kleinen Kristallen bestand, die in der Morgensonne wie kalte Feuer zu glitzern begannen. Gara nahm das Geschenk entgegen. Er roch an der weißen Masse, leckte daran. Es war Salz.

»Ich kann das Meer riechen«, flüsterte er.

»Zerreibe es nun und streu es in einem Kreis um dich herum«, riet Mola. »Dann wird dich dieser Bannkreis für immer vor allen Gefahren schützen.«

Gara tat wie ihm geheißen, vollzog die Handlung mit größter Sorgfalt. Alle sahen es, Mola und auch Tanat: Der Kreis um Gara bildete beim Streuen Wellenringe. Es sah aus, als wäre ein Stein ins Wasser geworfen. Und dieser Stein war Gara. Der das Meer riecht.

»Wenn nun alles seine Ordnung hat, sollten wir nicht länger herumsitzen«, sagte Mola. »Der Tag bricht an, bald wird es in der Ebene heiß. Wir sollten uns sputen, uns steht noch ein langer Weg bevor. Aber im Schilfwald wartet man bereits auf uns. Ein Festessen wird vorbereitet. Das ist das was ich rieche …«

2
Im Schilfwald

Diesmal präsentierte sich die große Feuerstelle im Dorf besonders üppig. Ein Schwein war geschlachtet worden und garte nun am Spieß. Dafür waren der alte Echey und sein Sohn Atog zuständig, die mit Buca für die Aufzucht der quiekenden schwarzen Tiere sorgten. Atogs Bruder Echentive und Tazo, der Fischmann, hatten mit ihren Familien dafür gesorgt, dass außerdem reichlich Meerestiere auf den heißen Steinen lagen. Dazu würden der Brei aus geröstetem Korn und die frisch gesammelten Wildkräuter gut schmecken. Jeder im Dorf hatte sein Bestes getan, damit es ein gelungenes Festmahl wurde.

Am Abend zuvor, bei abnehmendem Vollmond, waren Mola, Gara und Tanat in den Schilfwald zurückgekehrt und hatten vor Erschöpfung bis zum Mittag geschlafen. Nun wurden sie unter Glückwünschen von der Gemeinschaft aufgenommen. Chio, der Läufer, klopfte den beiden Jungen die Schultern. Alle Männer tat das, besonders ausgiebig Agar, der Mencey. Er strahlte über das ganze runde Gesicht. Die Mädchen und Frauen warfen Tanat und Gara neckische Blicke zu, machten Bemerkungen, über die hinter vorgehaltener Hand gelacht und gekichert wurde, darunter auch solche, die für Kinder unverständlich blieben. Die waren ohnehin wegen der Feststimmung außer Rand und Band, führten mit Schilfrohren Stockkämpfe aus und balgten mit den Hunden um die Feuerstelle herum.

Agas Frau Ula, eine resolute, rundliche Person und die eigentliche Wortführerin des Stammes, hielt eine kurze Rede. Mit einem stolzen Seitenblick auf ihren Sohn wies sie noch einmal auf den besonderen Anlass des Festes hin, gratulierte den beiden Jungen zur bestandenen Prüfung und bedankte sich bei allen, die bei den Vorbereitungen mitgeholfen hatten. Zuvor hatte sie sich mit Mola verständigt. Die Schamanin saß neben Echey, der der Älteste im Kreis war, und Tanat. Sie hatte alle Augen geschlossen und konzentrierte sich nur auf die Nase. Der Geruch des Bratens war gut und wurde immer besser, je länger sie intensiv den verführerischen Duft einsog.

Als erste bekam Mola ein Stück Schweineleber gereicht. Aber nur ein kleines, denn sie aß nie sehr viel und sehr selten Fleisch. Lieber Fischsuppe und Gemüsebrei, weil ihr die Zähne zum Kauen fehlten. Versonnen schnupperte und lutschte sie daran. Gara und Tanat wurden größere Fleischstücke angeboten. Das war auch nötig, denn nach den tagelangen Märschen fühlten sie sich wie leere Hüllen, die dringend gefüllt werden mussten. Tanat saß neben Mola und links von ihm Gara. Tanat war stolz auf seinen neuen Namen und auf die Tatsache, dass er nun endgültig und vollwertig im Stamm aufgenommen worden war. Er aß für seine Verhältnisse ungewohnt viel vom Braten und danach noch einen Fisch. Eine wohlige Müdigkeit überfiel ihn. Er beteiligte sich kaum noch an den Gesprächen. Dafür beobachtete er träge das Geschehen im Kreis. Er bemerkte, dass Gara immer wieder heimliche Blicke in Greas Richtung sandte. Sie indes schien davon nichts mitzubekommen, oder sie tat nur so. Frauen sind darin ja recht geschickt. Sie unterhielt sich lachend mit ihrer Schwester Mela und dem kleinen Bruder, der noch keinen Namen hatte. Ihre Eltern, Tazo und Cia, die mit Ula und Agar auf doppelte Weise verwandt waren – die beiden Männer waren Brüder und die Frauen Schwestern, aber aus einem anderen Dorf – plauderten angeregt miteinander. Tazo der Fischmann sah seinem Bruder sehr ähnlich. Er war nur etwas schmaler in der Figur und ein wenig kleiner. Aber sein Haar und der Bart leuchteten wie bei Agar und Gara hell in die Sonne. Das unterschied sie deutlich von den Anderen im Stamm, die zumeist mit dunklerem Haarwuchs ausgestattet waren. Besonders die beiden Frauen aus dem anderen Dorf, Ula und Cia. Am schwärzesten waren die von Cias Tochter Grea die mit den Augen lächelt. Tanat sah, wie Gazma, Cuperches Frau, ihr Kind säugte und es in ihren Armen sanft in den Schlaf schaukelte. Sie war mit sich und ihrem Leben zufrieden. Gazma war eine kleine, rundliche Frau mit ausladenden Hüften, mächtigem Hintern und einem bildschönen Gesicht. Ihr braunes Haar kräuselte sich rund wie eine Haube um ihren Kopf und bildete eine Frisur, die sie größer erscheinen ließ, als sie tatsächlich war. Como, ihr anderer Sohn, war kein Kind mehr, aber auch noch kein Mann. Es würde noch ein paar Jahre dauern, bis er seinen Kraftnamen erhielt. Como hockte neben seinem Vater und schnitzte hochkonzentriert mit der scharfen Steinklinge an einem Knochen herum. Es sollte eine Harpune werden, mit der er wie die Großen auf die Jagd nach Fischen gehen konnte. Einmal war er bei seiner Arbeit bereits mit dem Messer ausgerutscht und hatte sich in den Finger geschnitten. Aber er ließ sich nichts anmerken, biss tapfer die Zähne zusammen und machte vorsichtig weiter. Denn Chios Töchter Lio und Guada betrachteten kritisch seine Fortschritte. Cuperche war der Bruder von Chio dem Läufer. Er war von kräftiger Statur, konnte ohne Anstrengung große Steine heben und kleinere weit und zielgenau werfen. Außerdem war er ein guter Ringer, der schon mehrmals im Wettkampf gesiegt hatte, indem er seine Gegner mit einem taktisch klugen Beinangriff und überraschend ausgeführten Hüftschwung zu Boden geschickt hatte. Alle bewunderten ihn, selbst Agar, der Mencey, der nur noch selten gegen Cuperche antrat, weil das Ringen mit ihm meistens unentschieden verlief.

Chio der Läufer brachte einen Krug Rauschsaft, den er selber hergestellt hatte. Mit viel Wasser verdünnt ließ sich das Gebräu trinken. Allerdings bekamen nur die Erwachsenen etwas davon, als die Schale im Kreis rund ging. Für die Kleinen war es tabu. Sie mussten warten, bis sie richtige Namen erhielten. Chio kannte sich mit der Herstellung solcher Dinge aus. Bei seinen ausgedehnten Streifzügen durch das Buschland hatte er des Öfteren sogar Honig von Bienen gefunden. Seitdem war er der absolute Liebling aller Kinder. Chios Beitrag zum Fest fand allgemein große Zustimmung, denn er machte heiter und ließ die Zunge locker werden, selbst bei Menschen wie dem alten Echey, der ansonsten tagelang kein Wort von sich gab.

Die mit den Augen lächelnde Grea blies nun auf ihrer Rohrflöte. Eine schöne, mitunter wehklagende Melodie, die ihr gerade in den Sinn kam. Alle hörten zu, manche mit geschlossenen Augen und wiegendem Kopf, und als Grea ihre Darbietung geendet hatte, klatschten sie zustimmend mit den Handflächen auf ihre nackten Schenkel. Chio der Läufer schleppte einen weiteren Krug mit Rauschsaft, den er zuvor reichlich mit Wasser verdünnt hatte, herbei und füllte erneut die Schale. Sie machte, von Hand zu Hand weitergereicht, im Kreis die Runde. Die Stimmung lockerte zunehmend auf. Tazos Frau Cia begann ein Lied zu singen und die übrigen fielen sofort ein, weil sie es kannten. Alle liebten die alten Geschichten vom wilden Meer, vom rauschenden Schilfwald, vom vergrabenen Schatz in den Dünen. Und derer gab es viele. Außerdem konnte man bei den Liedern mitschwingen, sich im Sitzen mit erhobenen Armen im Strom der Melodie bewegen. Die kleineren Kinder sangen auch schon mit und tanzten um das Feuer herum.

»Ein wunderbares Fest!«, rief Agar, nachdem er sich mit dem Handrücken das Fett aus Mundwinkeln und Bart gewischt und ausgiebig gerülpst hatte.

Seine Frau Ula bedachte ihn mit einem missbilligenden Blick. Sie mochte sein Benehmen nicht, sie meinte, er müsse als Mencey doch ein gutes Vorbild für die Kinder sein. In dem Dorf, aus dem sie stammte – und da stimmte ihr Cia sofort zu – hätte man sich gesitteter verhalten. Doch das störte Agar nicht. Er war ein außerordentlich großer, kräftiger Mann, der die anderen um Kopfeslänge überragte, nicht dick, aber man sah es ihm an, dass er gern und viel aß. Sein Bart war zottelig und das Haar glänzte in der Sonne. Seine Stimme kam tief aus dem Brustkorb. Diesen respekteinflößenden Mann, der Herr über die Ziegen und sogar den launischen Bock war, hatten sie zum Häuptling, zum Mencey, gewählt und es bisher nie bereut.

»Und zum nächsten Vollmond gibt es ein weiteres Fest!«, rief er mit dröhnender Stimme.

»Was? Wieso denn?«, fragten die Kinder und begannen, den gutmütigen Bär am muskelbestückten Arm zu zerren.

»Was redest du da?«, fragte nun auch Ula.

Agars Frau führte in der Hütte das Wort. Ula, die mit der lauten Stimme und dem ansteckenden Lachen. Sie sprach gern im Rat mit und gewann die Sympathien der Menschen mit einfachen, aber überzeugenden Beispielen. Nun war ihr Sohn Gara zum Mann geworden, hatte seinen Kraftnamen gefunden: Der das Meer riecht. Sie war mächtig stolz auf ihn. Und ausgerechnet jetzt lenkte ihr Mann auf ein anderes Thema …

»Da findet der große Ringkampf in Xacas Dorf statt«, antwortete Agar. »Habt ihr das vergessen? Wie jedes Jahr. Da müssen wir hin! Ich nehme es mit allen Gegnern auf. Und wenn ich unsere Männer so betrachte, stehen unsere Chancen zu siegen diesmal gar nicht schlecht. Zumal wir inzwischen zwei neue Kämpfer dabeihaben: Der das Meer riecht und Der die Adler sieht. Ist es nicht so oder denkt da jemand anders?«

»Ich bin dabei!«, rief Cuperche, der Bruder von Chio dem Läufer.

»Ich auch«, sagte Echentive, »und wie ich Atog kenne – der sowieso.«

»Das heißt aber auch, dass wir wieder tagelang unterwegs sein werden«, warf Gazma, die Frau von Cuperche ein, die daran dachte, wie klein noch ihr Sohn Como war, ganz zu schweigen von dem Säugling ohne Namen, den sie die ganze Zeit über auf dem Rücken tragen musste. »Außerdem müssen wir auch noch Geschenke mitbringen, obwohl die Leute in Xacas Dorf so geizig sind«, jammerte sie weiter.

»Du übertreibst«, widersprach Agar. »Letztes Jahr gab es dort leckeren Ziegenbraten und Kaninchen am Spieß.«

»Ich mag Xacas Leute nicht«, brummelte der alte Echey, der mitunter ein rechter Sturkopf sein konnte. »Das ganze Dorf nicht. Das war schon immer so und wird sich auch nicht mehr ändern.«

Eine Weile wurde wild durcheinander diskutiert, bis Ula meinte, nun sei es genug, es gäbe schließlich auch noch andere wichtige Dinge im Leben außer Ringkampf. Überdies sei bis zum nächsten Vollmond noch reichlich Zeit, um darüber nachzudenken und dann zu entscheiden.

»Wir müssen den Rat der Medizinfrau einholen«, sagte sie. Heute war das auf keinen Fall mehr möglich, denn Mola schlief im Sitzen und schnarchte friedlich vor sich hin.

Grea spielte wieder leise auf ihrer Rohrflöte, in sich ruhend und mit geschlossenen Augen. Auch so verzauberte sie. Vor allem Gara und Tanat, die kaum noch anderes vom Fest wahrnahmen als diese wunderschöne Musik. Und Greas schwarz glänzendes Haar verlockte zum Streicheln oder dazu, es zumindest mit den Fingerspitzen zart zu berühren.

Erst als vom Festmahl nichts mehr übrig war, außer Knochen, aus denen man Fischharpunen schnitzen konnte und solchen für die Hunde, von den Meeresfrüchten nur noch Schalen und Gräten, als der letzte Tropfen des Rauschtrankes aufgeleckt war und Chio der Läufer in der Hütte keinen Nachschub mehr fand, als

Mola, der alte Echey und einige Andere auch tief und selig am Feuerkreis schliefen, fand das Fest der Namensfindung langsam sein Ende. Über dem Schilfwald funkelten am großen Himmelsbogen Millionen Sterne. Jeder, der Jahreszeit entsprechend, am richtigen Platz. Nur manche schienen zu tanzen und einige rasten sogar wie von Sinnen durch die Nacht. Die Milchstraße, die nach Molas Wissen eine Brücke für die Geister war, über die sie durch die Dunkelheit reisen konnten, spannte einen gewaltigen Bogen über den schwarzen Himmel. Dort flackerten die Lagerfeuer der Ahnen. Es war warm und nahezu windstill. Nur das Meer rauschte mit gleichmäßigem Atem. Tanat spürte, dass er mit diesen Geräuschen im Einklang war, mit dem Stamm, der ihn so freundlich aufgenommen hatte. Das Davor war nahezu völlig aus seinem Gedächtnis gelöscht. Und wenn dennoch einmal Bilder aus jener längst vergangenen Zeit in seinen Träumen auftauchten, dann waren es keine schönen. Besser, man wachte dann schnell auf und vergaß sie. Tagsüber hatten sie sowieso keinen Platz in seinem Denken.

Er hatte plötzlich das Gefühl, nicht mehr allein zu sein, dass sich eine Gestalt über ihn beugte. Er sah das Gesicht von Grea die mit den Augen lächelt, und ihr Haar floss wie ein schwarzer Umhang um ihre Schultern. Aber das war unmöglich! Gara und Grea würden ein Paar werden, das konnte man ahnen … Er schrak zusammen, raffte sich hoch, blickte sich um, doch die Gestalt war verschwunden. War nichts als ein Spuk, eine Einbildung gewesen. Er wollte zur Hütte gehen, um sich schlafen zu legen, entschied sich unterwegs aber anders. Er lief quer durch den Schilfwald, zu den Dünen und ein Stück weiter noch den Strand hinab bis dorthin, wo die erste Welle das Land anleckte. Er ließ sich im feuchten Sand nieder und streckte die Füße ins kalte Wasser. Die Erlebnisse mit Mola und Gara wanderten noch einmal als Bilder durch seinen Kopf. Wie kurz das erst zurücklag! Aber es kam ihm vor, als seien inzwischen Jahre oder Jahrzehnte vergangen. Er spürte deutlich: In den Bergen hatte für ihn ein neues Leben begonnen ... Morgen würde er Ula um ein Stück Lederband bitten und eine Kette für die Adlerkralle fertigen. Jeder würde dann sehen, wer er jetzt war.

3
Wellenreiten

»Die Schwärme ziehen jetzt vorbei«, sagte Tazo der Fischmann.

Er kannte sich wie kein anderer im Dorf mit dem Meer aus, vor allem mit dessen Bewohnern. Da das die vorwiegende Nahrung der Menschen im Schilfwald war, hörte man sofort zu.

»Ich spüre es am Wind und der Farbe der Wellen … Wer kommt mit?«

Natürlich entschieden sich alle dafür, der ganz Stamm. Jeder wollte dabei sein und mithelfen, und es gab auch für jede Hand etwas zu tun. Zum Beispiel das Netz ziehen und das Reusengatter aus dünnem Rohrgeflecht, mit dem man die in Ufernähe vorbeiziehenden Fische treiben konnte. Einige der Männer schwammen auf Schilfbündeln, die sie Seeschlitten nannten, hinaus. Sie zogen das Netz mit und versuchten, mit einem Bogen in die Strömung der Schwärme zu gelangen. Tazo schleppte kein Netz. Er trieb, bäuchlings über die Wellen gleitend, die heute sanft und recht flach heranrollten, mit griffbereiter Lanze einer anderen Zone weiter draußen im Meer zu. Mit dem beiden angeschliffenen Knochenzähnen an der Spitze konnte er, wenn er Glück hatte, größere Fische spießen. Und heute hatte er Glück. Erst spürte er es, dann sah er ihn: einen Schatten im Wasser. Die Größe war richtig, dass schätzte er blitzschnell ab, denn Tazo ließ sich nie mit einem unbekannten Gegner ein. Ein Prachtexemplar von Fisch. Würde ein gutes Essen ergeben …Ohne einen Augenblick zu zögern, stieß er zu und traf den Körper mit Wucht. Geschickt zog er die Lanze aus dem Wasser und reckte sie mit der fetten Beute hoch. Mit einem Glücksgefühl im Bauch und die Waffe fest mit dem Körper aufs Schilfbündel gepresst, ruderte er, mit beiden Armen kräftig das Meer zerteilend, zurück zum Strand. Tazo fühlte sich jung wie in den Tagen seiner Kindheit. Dieser Fisch allein würde nicht reichen für alle. Aber es war ein guter Anfang. Bestimmt würden heute auch die Anderen einen satten Fang machen. Außerdem galt es noch, Muscheln, Seeschnecken und andere Meerestiere zu sammeln. Die Frauen und Kinder waren bei der Felsnase, wo sie häufig in flachen Mulden zu finden waren, mit Körbchen im Einsatz. Manche Tiere besaßen nur eine Schale und klebten mit der nackten Seite am Felsen, ließen sich aber mit der Steinklinge leicht lösen. Man konnte sie an Ort und Stelle roh essen, am Abend gekocht oder auf einem heißen Stein gegart.

Gegen Mittag war es genug. Ein guter Fangtag. Die ersten zogen zufrieden ins Dorf zurück, wo sie der alte Echey empfing, der gerade die Schweine gefüttert und nichts mehr zu tun hatte. Mit kritischem Blick begutachtete er die Ausbeute und kommentierte die Fische mit Namen, die keiner mehr kannte. Er stammte ja aus einer längst vergessenen Zeit, die er verklärt »die goldene« nannte. Damals, als er noch Kind war, fanden sie eines Morgens ein Ungeheuer am Strand. Ein toter Wal. Ein riesiges Tier, das lange Nahrung für alle bot, Fett für die Steinlampen und zum Kochen. Das beste aber an diesem Geschenk des Meeres war sein hartes Knochengebein, aus dem man allerlei herstellen konnte: Speerspitzen, Harpunen und Schmuck.

Der Wind nahm leicht an Stärke zu und kräuselte die Wellen.

»Komm lass uns über das Wasser reiten!«, rief Gara Tanat auffordernd zu.

»Wo denn?«, fragte Tanat zurück »Hier ist es doch viel zu ruhig dafür.«

»Hier nicht«, antwortete Gara, »aber hinter den Felsen, in der anderen Bucht. Da rollt und klatscht es gewaltig, weil der Wind jetzt das Meer genau auf die Felsen treibt und dort bricht.«

»Ich kenne die Stelle. Aber ist es da nicht zu gefährlich zum Wellenreiten?«

»Hast Du Angst?«, lachte Gara. »Los, komm, lass es uns ausprobieren! So lange der Wind nicht zu stark wird, muss es gehen.«

Sie holten ihre Seeschlitten vom Strand, schmale, fest zusammengebundene Schilfbündel, die vorn hochgebogen waren, dass sie leichter durch das Wasser glitten. Gara und Tanat waren geübt im Umgang damit. In diesem Jahr hatten sie bei günstigem Wetter bereits einige Wettkämpfe ausgetragen. Aus ihnen ging keiner als Sieger hervor, denn Beide waren gleich kräftig und schnell.

»Diesmal gewinne ich«, sagte Tanat.

»Das wollen wir noch sehen!«, rief Gara und rannte los.

Sie hielten die Bündel unter den Arm geklemmt und liefen über den trockenen Sand, einen weiten Bogen ausführend, um die Felsen herum bis zur anderen Bucht. Auch das gehörte zum Spiel: Wer als erster am Meer war, konnte als erster mit dem Seeschlitten ins Wasser springen und so einen kleinen Vorsprung gewinnen. Sie kamen beide etwa gleichzeitig an und mussten erstmal verschnaufen. Der Wind hatte zugenommen und ließ größere Wogen, die ab und zu heranrollten, mit weißem Schaum an die Felsen klatschen.

»Sieht ziemlich schlimm aus«, stellte Tanat fest.

»Ach was, halb so wild«, antwortete Gara. »Man muss nur durch die Brandung durch. Zwei, drei Wellen. Dann wird es ruhiger. Sieh mal: Da draußen ist das Meer glatt und völlig ruhig.«

Tanat war zwar anderer Meinung, aber er wollte nicht als Spielverderber oder gar als Feigling dastehen.

»Gut, probieren wir es. Aber nicht allzu weit raus. Wir kehren am besten gemeinsam um. Ab da gilt, wer als Erster zurück am Ufer ist. Einverstanden?«

»Einverstanden!«, rief Gara und rannte los.

Tanat folgte unmittelbar.

Zur gleichen Zeit schlummerte Mola in einer Art Halbschlaf, aus dem sie mitunter hochschreckte, weil sie luzide Träume besuchten … Endlos wanderte sie durch das Buschland in Richtung der Berge, sah Pflanzen, Tiere und Mischwesen, die für Andere unsichtbar waren. Sie sprach mit ihnen, erkundigte sich nach ihrem Zustand, stellte Fragen und bekam zum Teil verstörende Auskunft: »Die Erde bebt unter den Hufen von großen Tieren«, sagte eine Weide am Bachrand. »Bald werden sie kommen und mit durstigen Mäulern Wasser trinken. Es sind seltsame Tiere, auf denen Menschen sitzen.«

»Das gibt es nicht«, sagte die Medizinfrau laut. »Davon hat der Kulkul nie gesprochen.«

»Er hat sie noch nicht gesehen, denn sie sind noch nicht da. Sie kommen von weit aus dem Osten und reiten auf den Strahlen der Sonne.«

Dieser dumme Baum mit seinen dünnen, hängenden Ästen! Wie konnte er mehr wissen als der große allmächtige Kulkul? Plötzlich saß Mola bei der Höhle der gemalten Bilder am Lagerfeuer. Sie wedelte mit der Feder Rauchwölkchen auf und sah, wie Gara schlafend vornüberfiel und mit der Stirn aufschlug. Kurz danach rappelte er sich wieder hoch. Kein schlimmes Bild. Aber innerlich war sie beunruhigt. Warum nur? Sie wusste es nicht und versuchte, auf andere Gedanken zu kommen. Zum Beispiel, in dem sie sich das Fest vor Augen hielt. Sie roch aromatisch duftenden Schweinebraten und nahm mit beiden Händen die Leber entgegen, die ihr Agar reichte. Wie lange hatte sie davon nicht mehr gekostet, es beschnuppert, angeleckt und mit dem zahnlosen Gaumen zerkleinert …

Dann war Mola plötzlich wieder im Buschland unterwegs auf der Suche nach seltenen Pflanzen. Von den essbaren kostete sie, an anderen roch sie nur prüfend, indem sie ein Blatt pflückte und mit den Fingern vor der Nase zerrieb. Die Heilkräfte besaßen, verstaute sie sorgfältig im Korb.

War das nun jetzt die Realität? Oder war es neulich passiert und so plastisch erlebt, dass ihre Sinne meinten, es geschehe eben jetzt?

Der Kulkul schwieg. Mola schüttelte alle überflüssigen Gedanken ab und tastete sich weiter durch das Unterholz.

Gara und Tanat überwanden die Brandungswellen. Nass wie Fische, auf die Seeschlitten geklammert und mit diesen zu einer Einheit verschmolzen, durchpflügten sie die See. Tatsächlich gab sich das Meer draußen etwas ruhiger, so dass sie schaukelnd dahintreiben konnten wie Delfine in ihrem Element. Weit schwammen sie hinaus, bis beide wie auf ein geheimes Kommando hin gleichzeitig wendeten. Man musste ja die Kräfte für den Rückweg schonen. Das gestaltete sich schwerer als gedacht. Der Sturm hatte zugenommen und trieb hohe Wellen ans Ufer. Bei den Felsen an der linken Seite der Bucht klatschte, gurgelte und schäumte das Wasser, spritzte mit weißen Zungen hoch, schlug über den zerklüfteten Felsrücken zusammen. Das Schlimmste aber war, dass die Strömung sie direkt darauf zu trieb. Sie kämpften mit starken Armschlägen dagegen an, kamen aber kaum dem Ufer näher. Das Meer zog sie immer wieder zurück. Es schien mit ihnen ein wildes Spiel zu treiben, das immer bösartiger wurde. Tanat hörte ein bedrohliches Rauschen in seinem Rücken heranrollen. Eine gewaltige Woge erfasste ihn, riss ihn hoch und mit rasender Geschwindigkeit voran. Der Wellenkamm war viel zu hoch, um mit dem Seeschlitten auf ihm zu reiten. Donnernd schlug das Wasser über ihm zusammen, drückte ihn hinab auf den Grund. Er klammerte sich an das Schilf, kam wieder hoch, schnappte nach Luft. Da griff bereits eine zweite Welle nach ihm, zog ihn mit und brach so heftig über ihn, dass er in Panik die Arme hochriss und das Schilfbündel verlor. Tanat begann jetzt um sein Leben zu kämpfen. Er hatte jegliche Orientierung verloren, sah auch Gara nicht mehr. Mit kräftigen Schwimmstößen teilte er das Wasser. Kurz sah er, als er keuchend auftauchte, die gefährlichen Felsen und das rettende Ufer. Da erfasste ihn bereits eine weitere Welle. Er versuchte noch, mit ihr zu treiben. Aber das war unmöglich. Als das Wasser über ihn stürzte, wurde er tief auf den Grund geschleudert. Er spürte Steine, Geröll, stieß sich ab und durchbrach die Wasseroberfläche. Noch so eine Welle schaffe ich nicht mehr, fuhr es ihm durch den Kopf. Er war am Ende seiner Kräfte. Und dann passierte ein Wunder: Eine weitere Brandungswoge, nicht mehr so hoch wie die vorherigen, aber brutal genug, nahm ihn mit und warf ihn an die Küste, wo er hart aufschlug und wie ein Stück totes Holz über den nassen Sand rollte.

Sein erster Gedanke, als er sich mühsam hochrappelte, war: Wo ist Gara? Er richtete sich auf und starrte aufs Meer, auf die wütend tanzenden und schäumenden Wogen, sah sie aufspritzen und nasse, weiße Schleier verbreiten. So sehr er auch spähte: Nirgends war sein Freund zu entdecken. Ein banges Gefühl erfasste Tanat. Er wankte auf das Meer zu. »Gara!«, brüllte er gegen den Sturm an, »Gara wo bist du?«

Da sah er etwas Dunkles treiben. Aber leblos, wie ein toter Körper. Und nirgendwo ein Seeschlitten ... Ohne einen Herzschlag lang zu zögern, stürzte Tanat los, sprang in das wirbelnde Wasser. Ein zweites Mal in das selbe Element, das ihm bereits so übel mitgespielt hatte. In wilder Verzweiflung kämpfte er gegen die Wellen an, erreichte schließlich den dahintreibenden Körper. Gara. Er packte nach ihm und zerrte ihn mit sich. Ihm war völlig egal, was das Meer mit ihnen trieb, gleichgültig auch, dass sie vom Wasser verprügelt, auf Grund gerissen und nach schier endlosem Kampf an Land geschleudert wurden. Die Hauptsache war, dass sie überlebten. Tanat lag keuchend auf dem Rücken und spürte Schmerzen in allen Muskeln und Gliedern. Mühsam richtete er sich auf und beugte sich über den Freund. Der sah schrecklich bleich im Gesicht aus, an seiner Stirn klaffte eine blutende Wunde. Er lag mit geschlossenen Augen da und war ohne Bewusstsein. »Gara«, flüsterte Tanat, »Der das Meer riecht. Wach auf!« Er begann, mit beiden Fäusten Garas Brust zu kneten. Wieder und immer wieder.

»Verdammt, wach auf Gara! Nun komm schon!« Plötzlich bäumte sich Gara hoch. Er warf den Kopf zur Seite und spuckte Wasser. Aber nicht nur das. Stöhnend erbrach er sich. Eine Weile dauerte das an, und Tanat dämmerte unheilvoll, dass der Grund dafür ein anderer sein musste, als nur das Salzwasser. Außerdem blutete die Wunde stark. »Wir müssen hier weg!«, keuchte Tanat. »Ins Dorf. Los, sofort!«

Gara versuchte aufzustehen, was ihm aber ohne Hilfe nicht gelang. Tanat musste ihn stützen, ließ ihn den Arm um seine Schulter legen, denn Garas Beine gehorchten nicht mehr so, wie sie es sollten. In dieser Klammerhaltung tappten sie los, schleppten sich wie uralte, gebrechliche Männer durch den Sand, den ganzen endlosen Weg um die Felsen herum zu den Dünen und hinein in den Schilfwald.

»Wo ist Mola?«, schrie Tanat, als sie die Hütten erreichten. Niemand wusste es, keiner hatte die Schamanin gesehen. Garas Körper glitt zu Boden, wo er erschöpft und schwer atmend liegen blieb. Auch Tanat ging in die Knie. Der Weg durch die Dünen war fast so anstrengend verlaufen wir das Schwimmen im Meer. An Molas Stelle waren plötzlich Bea die kleine Blume da, ihre Schwester Nada und Grea die mit den Augen lächelt. Sie holten sauberes Wasser und ein paar Heilkräuter aus Molas Hütte und begannen Garas Stirnwunde zu versorgen. Ebenso die zahlreichen Abschürfungen an Tanats Armen und Beinen.

Gara und Tanat lagen nebeneinander auf dem Boden und ließen sich stöhnend alles gefallen. Der richtige Schmerz kam erst jetzt.

»Du hast mir das Leben gerettet«, flüsterte Gara.

»Nein«, antwortete Tanat, »es ging um uns Beide. Du hättest genauso gehandelt.«

Gara nickte. Er verzog schmerzvoll das Gesicht, als Bea seine Schulter berührte. Auch da hatte er sich eine üble Prellung eingehandelt. Sein Schädel brummte und ihm war schwindelig. Einen Moment lang glaubte er sich am Lagerfeuer bei der bemalten Höhle zu befinden, zu träumen. Noch einmal brach das gewaltige Blau über ihm zusammen, diese ungeheure Gewalt, die seine Sinne betäubte … Was war nur passiert? Er musste eingeschlafen sein, war soeben aufgewacht und mit der Stirn am Feuerkreis unsanft aufgeschlagen …

»Vielleicht hast du diesmal ein bisschen zu viel vom Meer gerochen«, murmelte Tanat mit einem leichten Grinsen in seine Richtung.

Gara versuchte unter Schmerzen ein Lächeln …

4

Der schielende Händler

Kurz nach diesem Vorfall tauchte völlig überraschend ein Fremder im Dorf auf. Er war seltsam gekleidet. Er trug einen knielangen Kittel aus gewebtem Stoff, die daran befestigte Kapuze tief über den Kopf gezogen, einen Strick, an dem allerlei Beutel hingen, um den Leib geschnallt und festes Schuhwerk aus Leder. Außerdem einen länglich geformten Korb aus Weidengeflecht auf dem Rücken, den er mit einem Aufstöhnen absetzte. Er war lange unterwegs gewesen und hatte sich zuletzt suchend durch das Schilf getastet, bis er endlich die versteckt liegenden Hütten fand. Nun schob er die Kapuze in den Nacken und wischte sich den Schweiß vom nackten Schädel.

Die Leute im Dorf kamen näher, um den Mann zu betrachten. Sie sahen, dass er zwar kein Haar auf dem Kopf besaß, dafür aber einen dünnen Spitzbart, was sein Aussehen noch fremdartiger machte. Darüber hinaus schielten seine Augen nach innen, was den direkten Blickkontakt erschwerte. Auf welches Auge sollte man sich konzentrieren, wenn man ihn ansah? Da wirkte ja sogar die Dreiaugenfrau Mola normaler ...

Ula, die eben die Ziegen gemolken hatte, ging mit auf die Hüften gestemmten Armen auf ihn zu und sprach ihn an: »Wer bist du? Woher kommst du? Was willst du?«

»Viele Fragen auf einmal«, antwortete der Mann, und auch seine Aussprache klang fremd, denn er betonte die Worte ganz anders als gewöhnlich. »Ich werde sie euch gerne beantworten, wenn ihr mir dafür Zeit lasst. Ich bin lange gewandert und mein Magen ist zusammengeschrumpft wie eine vertrocknete Frucht. Ich habe Hunger. Gibt es für einen so elend geplagten Menschen wie mich etwas zu essen?«

»Es ist noch Fisch da«, sagte Agar.

»Oh nein!«, lamentierte der Mann und fuhr sich mit übertriebener Gestik an den Kopf. »Nicht schon wieder Fisch, ich kann keinen Fisch mehr sehen!«

»Dann bist du hier falsch«, brummte Tazo.

»Es ist noch ein Rest Ziegenfleisch und Gemüse da«, meinte Ula beschwichtigend. »Eine Schale mit Suppe lässt sich schnell am Feuer heiß machen.«

»Das hört sich gut an, liebe Frau«, sagte der Fremde. »Wenn ich erst einmal gegessen habe und wieder bei Kräften bin, werde ich euch von wundersamen Dingen berichten.«

Sie führten den Gast zur Feuerstelle, wo noch etwas Restglut glomm. Aus wenigen Zutaten zauberte Ula ein gutes Essen und der Mann verschlang es so gierig, als habe er ewig lange nichts mehr zu sich genommen.

»Ich bin ein Händler«, begann er, als die Schüssel leer war.

»Das habe ich mir fast gedacht«, sagte Agar. »Was hast du denn aus Korb und Beuteln so anzubieten? Warst du in Xacas Dorf?«

»Schon wieder so viele Fragen auf einmal«, seufzte der schielende Händler. »Ja ich war dort. Aber dann bin ich nach Osten ins Inland aufgebrochen und habe mich dabei verirrt. Und was meine Waren anbelangt – das sind tatsächlich Schätze, die euch gefallen werden.«

»So? was denn?«

»Zum Beispiel das«, sagte der Fremde und fing an, in seinem Korb zu kramen. Er förderte ein paar Muschelketten zutage, auch solche, an denen bunte Steine hingen, die in der Sonne funkelten. Er hielt sie hoch und einige Frauen rückten neugierig näher.

»Probiert sie ruhig aus. Wenn ihr mich fragt, ist wohl für jede genau das Passende dabei. Lasst Euch Zeit, legt euch den Schmuck um die zarten Hälse, dann kann sich die Schönheit erst richtig entfalten.«

»Naja«, sagte Agar. »Und sonst?«

Erneut suchte der Händler in der Kiepe herum. Er holte vier Messer und drei geschliffene Steinbeile hervor und legte sie vor seine lederbeschuhten Füße auf den Boden. »Wie findet ihr das?«

Tazo mischte sich ein. »Was sollen wir damit? Wir haben genug Werkzeug aus Horn, Knochen und Stein.«

»Aber keines davon ist so scharf wie dieses Material. Es ist Feuerstein. Ich habe die Dinge weit im Norden erworben. Sie sind eine Kostbarkeit.«

»Glaube ich nicht«, knurrte Tazo und griff sich eine Klinge.

Er fuhr sich damit leicht über die Innenfläche der linken Hand. Sofort trat Blut aus dem Schnitt. Tazo zuckte zurück.

»Siehst du, ich habe dich gewarnt«, sagte der schielende Händler.

»Und die Beile da?«, fragte Agar. »Sind sie auch so scharf? Damit könnt ihr spielend den gesamten Schilfwald fällen.«

Der Mann mit der schweißglänzenden Glatze liebte Übertreibungen. Er wusste, wie man Kunden anlockt. Mit einem zufriedenen Grinsen nahm er das lebhafte Interesse der Frauen an seinem Schmuck wahr.

Agar wog eine Axt prüfend in der Hand und betrachtete ihre weißbläuliche Färbung.

»Man muss natürlich Stiele aus gutem Holz daran befestigen«, sagte der Händler. »Das sind übrigens die letzten. Alle übrigen habe ich Xaca verkauft.«

»Und warum diese nicht?«

»Die habe ich extra für euch aufgehoben«, antwortete der schielende Händler mit listigem Blick. »Drei Ziegenfelle gegen zwei Beile und zwei Messer.«

Er hatte nämlich bereits beim Näherkommen ans Dorf den Gestank des Bocks wahrgenommen und im Umkreis der Hütten auch grasende Ziegen entdeckt. Und dann das Fleisch. Sie mussten erst kürzlich geschlachtet und ein paar Lederhäute auf Lager haben.

»Unmöglich«, wehrte Agar ab. »Höchstens zwei. Mehr haben wir nicht.«

»Das wird ein schlechtes Geschäft für mich. Andererseits kann ich die Felle gut gebrauchen. Zur Not würde ich auf den Handel eingehen … Aber was ist mit den Ketten? Schau nur, wie begeistert deine wunderschönen Frauen sind!«

»Ich habe Rohrflöten geschnitzt. Die können trällern wie Vögel!«, rief der kleine Como.

Er hielt dem Händler ein Beispiel seiner Schnitzkunst entgegen und da dieser zögerte zuzugreifen, setzte Como das gelöcherte Rohr an die Lippen und blies eine Melodie. Der Händler kratzte sich nachdenklich am kahlen Schädel.

»Gut. Für jede Kette eine Flöte.«

Er wusste nicht, ob das ein gutes Angebot war und was er mit den vielen Rohrflöten anfangen sollte. Irgendetwas würde ihm aber schon einfallen. Das spürte er mit seinem treffsicheren Instinkt.

Die Frauen waren nun mit ihren Schmuckstücken näher gerückt und Ula nickte Como einwilligend zu. Der rannte sofort los, um seinen Vorrat an Schätzen aus dem Versteck in der Hütte holen. Der Handel war abgeschlossen.

Der Fremde lehnte sich entspannt zurück und begann, zu erzählen. Nachrichten aus der Ferne waren überall willkommen und er wollte bei den gastfreundlichen Leuten einen guten Eindruck hinterlassen. Er berichtete von höchst erstaunlichen Dingen:

Da sollten große Mengen von Menschen fremder Art unterwegs sein. Sie kamen von Osten über die Berge und überfielen die Dörfer, brannten sie nieder, metzelten ihre Bewohner mit fürchterlichen Waffen aus einem unbekannten Material oder führten sie als Sklaven weg. Solche Beutezüge geschahen immer häufiger, sodass viele bereits auf der Flucht waren, Hals über Kopf ihre Heimat verließen und nach Gebieten suchten, wo sie in Sicherheit waren.

»Hast Du das alles mit eigenen Augen gesehen?«, fragte Agar nach.

Der schielende Händler schüttelte wahrheitsgemäß den Kopf. Er hatte diese Dinge nur von Anderen erfahren, aber einmal Jemanden getroffen, einen verzweifelten Jungen, der nur knapp einem mörderischen Angriff entkommen war. Er hatte noch immer das vor Angst verzerrte Gesicht des Jungen vor Augen.

»Die Lage ist ernst«, ergänzte er. »Deshalb habe ich auch nicht normale Wege genommen, sondern bin auf gut Glück umhergeirrt. Ich wollte nicht unnötig in Gefahren laufen!«

»Und Xacas Dorf?«, fragte Echentive.

»Die sind noch nicht betroffen, aber in großer Sorge. Als ich von dort fortging, berieten sie immer noch.«

»Das hört sich nicht gut an«, brummte Agar. »Gar nicht gut für das Fest des Ringkampfes ...«

»Und nach wohin willst Du nun weiter?«, fragte Ula.

»Nach Süden, weiter nach Süden. Ich weiß nicht genau, wohin das Schicksal mich treibt.«

»Du kannst diese Nacht bei uns in der Hütte schlafen«, entschied Ula. »Aber morgen musst du weiter. Von da an steht nämlich nur noch Fisch auf dem Speiseplan. Und den magst du ja nicht.«

Sie lachte lauthals. Sie war glücklich. Ihre Finger umspielten die glitzernden Steine der neu erworbenen Kette. Der Schmuck am Hals machte sie unglaublich schön.

Nur der alte Echey zog ein mürrisches Gesicht. Weil seine Ohren zunehmend tauber wurden, musste er des öfteren nachfragen und sich erzählen lassen, damit er mitbekam, wovon die Rede war.

»So, so«, murmelte er. »Xaca macht sich Sorgen. Ich habe doch schon immer gewusst, dass mit seinem Dorf was nicht stimmt.«

Jetzt kam Mola aus der Hütte, wo sie nach der langen Wanderung im Halbschlaf gelegen hatte, und der schielende Händler fuhr mit einem Aufschrei erschrocken zusammen. Er hatte noch nie ein Wesen mit drei Augen gesehen und hielt es im ersten Moment für ein Gespenst aus dem Reich der Unterwelt. Entsetzt starrte er die Schamanin an und fand innerlich keine Ruhe mehr, auch nachdem er realisiert hatte, dass ihr drittes Auge auf der Stirn nur tätowiert war. Diese Nacht noch, dachte er. Aber nicht länger in diesem seltsamen Dorf, wo Frauen drei Augen haben und man ständig nur Fisch isst ... Er saß verstört am Feuer, zog sich die Kapuze über den Kopf und beruhigte sich erst, als Grea eine leise Melodie auf ihrer Flöte zu spielen begann.

Ganz andere Sorgen wirbelten Agar im Kopf herum. Er musste ständig an den nächsten Vollmond und das Fest des Ringens denken. Was war da nur los bei Xaca? Der war doch sonst nicht so zögerlich. Würde unter diesen Umständen der Wettkampf überhaupt stattfinden? Man musste es herausfinden. Am besten, indem man direkt mit Xaca darüber sprach ... Aber die Klingen und Steinbeile waren gut. Selbst wenn man die letzten beiden Ziegenfelle dafür hergab. Wenn Xaca, der alte Halunke, so viel davon gekauft hatte, mussten sie einfach gut sein.

Er bereute in keiner Weise den Handelsabschluss ... Und was Como mit seinen Flöten geleistet hatte, das war schon ein kleines Wunder. Man musste den Winzling im Auge behalten. Er besaß offensichtlich ungeahnte Qualitäten ...

»Wir sollten einen Boten zu Xaca senden und ihn fragen, was mit dem Fest des Ringkampfes wird«, sagte er. »Chio, willst du das übernehmen? Du bist der beste Läufer.«

Chio überlegte kurz. »Ja«, antwortete er und fügte hinzu: »Dann nehme ich Tanat mit. Der die Adler sieht hat scharfe Augen. Er kann alles im Dorf beobachten, während ich mit Xaca rede. Ist das eine gute Idee?«

Das war es und Tanats Brust schwoll voller Stolz, als er hörte, wie man ihm die Aufgabe zuteilte. Gara konnte leider nicht mitkommen. Er lag in Molas Hütte und kurierte noch immer die Folgen seines Unfalls aus. Bea die kleine Blume versorgte täglich mit einem Pflanzensud, den sie nach Molas Anweisung hergestellt hatte, seine Stirnwunde.

5
Xacas Dorf

Tanat kannte den Weg durch den Schilfwald, eine schmale Trittspur, die immer wieder rasch zuwuchs, weil man sie selten nutzte. Nur einmal im Jahr zum großen Fest. Ein weiter Weg, der viele Pausen forderte und unterwegs mindestens eine Übernachtung im Freien, wenn der ganze Stamm aufbrach.

»Den nehmen wir diesmal nicht«, entschied Chio. »Das dauert viel zu lange und wahrscheinlich ist er inzwischen völlig zugewuchert. Wir laufen lieber die Küste entlang nach Norden, über die Dünen und später am Saum der Felsen vorbei: Ich kenne da einen Pfad, auf dem wir laufen können. Wo der Fluss ins Meer mündet, müssen wir uns an der Uferböschung nach rechts halten. Wenn wir schnell sind, erreichen wir Xacas Dorf noch heute vor der Abenddämmerung.«

Die Sonne brannte auf ihrer nackten Haut. Im Sommer trugen sie nur den schräg geschnittenen Lederschurz, den man oberhalb der Hüfte verknoten konnte. Wie alle Bewohner der Küste liefen sie barfuß. Das waren sie von Kindesbeinen an gewöhnt, am Strand, in den Dünen, im Schilfwald und selbst im felsigen Buschland mit der harten, steinigen Erde. Sie achteten nur auf den Boden vor sich, streiften selten die Umgebung mit einem raschen Seitenblick und legten keine Rast ein. Beständig im Lauf bleiben, im gleichmäßigen Atem, so war es am besten. Chio legte auf diese Weise große Strecken zurück. Ohne Ausruhen und Nahrung. Und Tanat konnte es ihm gleichtun, seit er mit Gara und Mola auf dem magischen Pfad unterwegs gewesen war.

Es war erstaunlich, wie gut sich Chio im Gelände zurechtfand. Er lief leichtfüßig im Lauf der Kraft, mit vorn übergeneigtem Oberkörper und herabbaumelnden Armen.

»Wenn ich dir zu schnell bin, musst du rufen. Ich bleibe dann stehen und warte«, hatte er gesagt.

Aber diese Bemerkung erwies sich als überflüssig, denn Tanat lief ebenfalls gern in dieser Art. Diesmal hatten sie vor dem Aufbruch gegessen und würden es an Xacas Lagerfeuer ebenfalls tun. Da war er sich sicher. Also blieb er dicht hinter Chio und ließ den Abstand nicht größer werden. So verging der Tag.

Die Sonne wanderte über sie hinweg auf dem Weg nach Westen, um dort in orangenen und später glutrot angestrahlten Wolken im Meer zu versinken. Da erreichten sie die von Chio beschriebene Flussmündung. Der blieb stehen, um sich in der rasch einsetzenden Dämmerung zu orientieren. Dann nickte er und setzte den Lauf fort. Nun ging es allerdings bedeutend langsamer voran. Allerlei Gestrüpp versperrte den Weg. Von der Kuppe eines Hügels aus erblickten sie endlich den Rand des Schilfwaldes. Nun war es nur noch ein kurzes Stück, bis sie Xacas Dorf erreichten.

»Es ist Rauch in der Luft«, sagte Chio. Seine Nasenflügel witterten. »Sie garen Fische.«

Wenig später nahmen sie den Lichtschein des Lagerfeuers wahr und im Umkreis die Konturen der Hütten. Vorsichtig näherten sie sich. Chio schob das Schilf beiseite, blieb am Waldrand, klatschte laut in die Hände und rief einen Gruß. Sofort sprangen kläffend Hunde los. Die drei stämmigen Söhne des Häuptlings, Teno, Texo und Lobo, erhoben sich vom Lagerfeuer und rückten in der schwingenden Körperhaltung, die Ringern zu eigen ist, nebeneinander vor.

Chio hob die linke Hand zum Freundschaftsgruß und rief: »Ich bin Chio der Läufer, und bei mir ist Tanat der die Adler sieht!«

Die drei blieben beruhigt stehen und erwiderten den Gruß. »Kommt mit ans Feuer«, sagte Teno, der ältere der Brüder. »Wir waren gerade beim Essen, als ihr kamt.«

»Keine Sorge«, ergänzte Texo, »es ist noch genug da.«

Chio und Tanat wurden zur Feuerstelle geführt, wo der ganze Stamm versammelt war. Xaca, der Häuptling, wies ihnen Plätze im Kreis zu. Es gab Fisch, aber eine Art, deren Fleisch und Geschmack sie nicht kannten. Auf Chios Nachfrage hin lächelte Xaca nur milde und etwas überheblich.

»Die sind nicht aus dem Meer. Wir fangen sie in Reusen unten im Flussdelta. Sind viele da um diese Jahreszeit. Schmeckt es euch?«

Tanat und Chio nickten kauend.

Xacas Körper war von ähnlicher Statur wie der von Agar. Auch sonst sah er dem Mencey recht ähnlich, nur dass sein helles Haar länger, wilder und struppiger den Bart umrahmte. Konnte es sein, dass die Beiden verwandt waren? Möglich war das schon. Außerdem liebten beide den Ringkampf. Und schwere Steine werfen. Und mit bloßen Fäusten Schilfstangen brechen. Und natürlich viel und gut essen.

Links von Xaca saßen seine bildhübsche Frau Cara und ihre noch schönere Tochter Mira. Wenn sie sich vorbeugte, um ein Holzscheit nachzulegen und der Schein des Feuers auf ihr Haar fiel, glänzte es rotbraun wie das Laub mancher Bäume im Herbst. Zwischen ihren wohlgeformten Brüsten hing eine Kette mit einer Feder. Tanat wusste nicht, was ihn mehr erregte: die Brüste oder die Kette. Er warf immer wieder verstohlene Blicke in Miras Richtung. Damit das nicht auffiel, betrachtete er auch die Anderen im Kreis. Xacas drei Söhne. Cara. Ono, den Dorfältesten. Ein erschreckend mageres Männlein mit Haaren weiß wie Asche und einer Sitzhaltung, die befürchten ließ, er würde gleich in sich zusammenbrechen. Ono sah noch schlechter aus als im vorigen Jahr. Ein Bild des Jammers. Die Meisten kannte er nur flüchtig, die Fischer, Jäger und Sammler, ihre Frauen, die beständig anwachsende Schar von Kindern.

Nach dem Essen begann die eigentlich wichtige Unterhaltung, die hauptsächlich zwischen Xaca und Chio geführt wurde.

»Natürlich freue ich mich auf das große Ringkampffest«, tönte Xacas sonore Stimme. »Einige Männer von uns fühlen genauso wie ich, denn sie sind allesamt gute Ringer und scheuen keinen Wettbewerb.«

Auch in dieser Hinsicht war Xaca dem Mencey ähnlich: er war ein guter Redner, er genoss es, wenn man ihm zuhörte.

»Aber Ono, unser Dorfältester meint, wir sollten in diesem Jahr darauf verzichten, weil die Lange ringsum so unsicher geworden ist.«

»Viele von uns denken genauso wie ich«, krächzte Ono mit einer Stimme, die an das Meckern einer Ziege erinnerte, dazwischen. »Die Hälfte des Stammes, Xaca, die Hälfte des Stammes!«

Er wirkte bloß äußerlich so gebrechlich, sein Gehör und sein Verstand funktionierten noch gut.

»Nun ja« erwiderte Xaca. »Ich sehe das etwas anders, und es ist mein gutes Recht, das zu sagen: Ich kann keine Gefahr für uns feststellen. Unser Dorf liegt geschützt und schwer erreichbar im Schilfwald. Der Fluss ist ein Hindernis für jeden Fremden, der die Furt nicht kennt ...«

»Ist aber leicht überwindbar!«, rief Ono dazwischen.

»Und das Meer, und das weite, öde Buschland, später der Wald und die Berge ...«, setzte Xaca, vom Einwurf unberührt, seinen Gedankengang fort. »Die anderen Dörfer liegen Tagesmärsche entfernt und beneiden uns um unsere Lage. Der Fluss bietet uns alles, was wir zum Leben brauchen: Trinkwasser, Erfrischung und Fisch. Wir jagen im Umkreis mit dem Wurfholz, Steinen und Schilfspeeren Vögel und kleineres Wild, aus deren Fellen wir vieles herstellen können. Denkt nur daran, wie glücklich der Händler war, als wir sie gegen Steinbeile und Klingen eintauschten ...«

Deshalb war sein Tragekorb so prall gefüllt, überlegte Tanat. Der schielende Kapuzenmann musste ein gutes Geschäft gemacht haben ...

Xaca war in seinem Element. Er genoss die Aufmerksamkeit und begann zu prahlen: »Die Männer und Frauen unseres Stammes sind die mutigsten Menschen unter der Sonne. Selbst die jüngsten von ihnen. Erinnert ihr euch, wie treffsicher meine Frau Cara die Lanze werfen kann? Oder wie der kleine Jäger Floca Kaninchen mit der Schleuder erlegt? Wir sind stark. Und wir besitzen gute Waffen. Sollten uns jemals Fremde angreifen, so wissen wir uns zu wehren und werden sie zurückschlagen.«

Er war völlig überzeugt von dem, was er sagte. Ausgerechnet Cara, seine schöne Frau und mutige Jägerin, widersprach: »Du denkst wieder einmal nur an dich, Xaca«, tadelte sie. »Aber anderswo ist es vielleicht anders. Ich kann die Bedenken verstehen. Wenn diesmal keine Leute aus anderen Dörfern kommen, weil sie dort womöglich echte Probleme haben, dann wäre das Fest sinnlos.«

»Der Dorfälteste stellt aber nicht bloß das Fest des Ringkampfs in Frage. Seine Vorschläge reichen viel weiter. Er rät allen Ernstes, dass wir unser Dorf verlassen und eine neue Heimat in der Ferne suchen sollen.«

»So ist es«, tönte Ono, »genauso ist es. Ich bin zwar kein Schamane wie die Frau mit den drei Augen, ich bin bloß ein einfacher alter Mann, der lange gelebt und mehr erfahren hat, als ihr alle zusammen. Aber ich sage euch: Das wäre der beste Weg, egal ob ich ihn mitgehe oder nicht.«

Xaca seufzte und warf nachdenklich ein Holzstück ins Feuer.

»Ihr seht es ja selbst: Bei uns im Stamm gehen die Meinungen weit auseinander. Es ist eine schwere Entscheidung, vielleicht die schwerste, die wir jemals trafen. Deshalb beraten wir auch schon so lange darüber.«

Wer nun gedacht hatte, dass damit die Diskussion beendet war, irrte sich gewaltig. Nun ging es erst richtig los. Jeder im Stamm hatte zum Thema seine eigene Meinung und jede Stimme besaß Gewicht. Tanat und

Chio hatten hier im Rat nichts zu sagen. Sie waren nur Gäste und Gäste haben höflich zu schweigen. Tanat lehnte sich satt und müde zurück. Schläfrig hörte er dem Gerede zu, das ihm nach und nach wie Meeresbrandung vorkam, wie ein gleichmäßiges Rollen, Raunzen und Gemurmel. Er schlief am Rand des Feuerkreises ein.

Am nächsten Morgen wurden sie von einer Schar tobender Kinder geweckt, die, kleine Schaukämpfe austragend, über sie herfielen.

»Ihr Halunken und Feiglinge vom anderen Dorf«, riefen sie. »Los zeigt mal, was ihr könnt!«

Lachend wehrten Chio und Tanat die Angriffe ab.

»Nehmt noch etwas Wegzehrung mit«, sagte Xacas Frau, die gastfreundliche Cara. Und zu ihrer Tochter gewandt: »Pack einen Weidenkorb voll, Mira. Du weißt schon … den kleinen, den man am Stirnband auf den Schultern tragen kann.«

Während Chio der Läufer noch mit Xaca in ein Gespräch verwickelt war, folgte Tanat Mira zur Hütte.

»Du trägst jetzt einen schönen, stolzen Namen«, sagte sie unterwegs, »der die Adler sieht …«

Sie drehte sich zu ihm um und wies auf die Kette zwischen ihren Brüsten.

»Weißt du, dass wir uns sehr ähnlich sind? Diese Falkenfeder haben mir die Jäger geschenkt. Und sie haben mir einen neuen Namen gegeben: Mira die Wächterin. Weil ich mit flinken Augen alles erkennen kann. Bei den Streifzügen durchs Buschland habe ich stets die Aufgabe, von einem Hügel oder Baum aus die Umgebung zu beobachten. Bei Gefahr kann ich so die Anderen warnen.«

»Du kletterst auf Bäume?«

»Du nicht?«, gab Mira lachend zurück. »Es macht Spaß und ich sehe wie ein Falke die Beute.«

Tanats Herz klopfte noch stärker. Dieses Mädchen war ihm wesensverwandter, als er sich hätte träumen lassen. Falke und Adler ... zwei kühne Segler der Lüfte ...

»Komm jetzt!«, rief Chio ihm zu. »Wir haben noch einen weiten Lauf vor uns!«

Noch einmal trafen sich Tanats und Miras Blicke. Ihm kam es vor, als stände die Zeit still und er würde eine Ewigkeit in diesem Blick verharren.

»Wir sehen uns wieder«, flüsterte er.

»Bis bald«, flüsterte Mira zurück und schenkte ihm ein Lächeln, das ihn bis ins Innerste verzauberte.

6
Streit

Als Chio der Läufer und Tanat der die Adler sieht zurück in ihrem Dorf waren und mit den Anderen am großen Lagerfeuer saßen, begannen sofort die Beratungen.

»Xaca ist wohl zu feige, sich dem Wettkampf zustellen«, tönte Agars Stimme.

»Das glaube ich nicht«, widersprach Chio. »Es ist wohl mehr Ono, der Dorfälteste, der die Sorge in den Stamm trägt. Er rät sogar dazu, das Dorf zu verlassen und weiter nach Süden zu ziehen.«

»Wie der schielende Händler«, sagte Gazma, die ihr Jüngstes in den Armen schaukelte. »Sprach der nicht auch davon, dass es dort sicherer sei? Vielleicht ist es da wirklich besser.«

Der alte Echey fragte nach, wovon gerade die Rede war, ließ es sich von seinem Sohn noch einmal erzählen und brummelte dann mit grimmiger Miene: »Sollen sie doch gehen. Ist mir egal. Ich jedenfalls bleibe hier.«

»Es hat bisher keiner davon geredet, dass wir so handeln sollen, wie Ono es vorschlägt«, beschwichtigte Agar. »Ich weiß auch nicht, ob es irgendwo auf der Welt besser ist als hier. Das weiß niemand.«

»Wir sollten Mola um Rat fragen«, sagte Ula. »Wo ist sie denn überhaupt?«

Die Frau mit den drei Augen war wieder einmal verschwunden. Vielleicht suchte sie irgendwo Kräuter.

Oder sie hatte sich unsichtbar gemacht. Das trauten sie der Medizinfrau ohne weiteres zu.

»Ich glaube, ich habe sie vorhin noch gesehen«, rief der kleine Como. »Ich weiß aber nicht mehr wo.«

»Wir müssen sie suchen«, entschied Ula. »Bisher hat sie immer alles richtig vorausgesagt und uns gute Ratschläge erteilt.«

Die Ratsversammlung zog sich hin und mündete in heftige Diskussionen, die noch bis in die Nacht hinein andauern sollten. Unterdessen war Mara mit ihren Töchtern Lio und Guada aufgebrochen, um die Medizinfrau zu suchen. Der kleine Como schloss sich ihnen an.

»Jetzt fällt es mir wieder ein!«, rief er. »Ich habe sie am frühen Morgen nach Osten wandern gesehen. Zum Buschland. Bestimmt sucht sie dort nach seltenen Pflanzen.«

Am Lagerfeuer gerieten Atog und Echentive in Streit. Die beiden Hitzköpfe redeten sich heiß und waren nahe daran, einander zum Zweikampf herauszufordern. Bald mischten sich auch Tazo, Agar und einige andere ein. Einige der Frauen verließen die Feuerstelle. Zu unerträglich wurde das Gehabe der Männer. Jeder wollte Recht behalten, war beim Reden weit abgeschweift und verlor langsam den Kern der Sache aus den Augen. Ging es nun um das Fest, das mit großer Wahrscheinlichkeit nicht mehr stattfand? Den Ringkampf an sich? Oder um Onos Vorschlag, die Heimat zu verlassen?

Tanat saß neben Gara. Auch ihre Stimmen galten nun, da sie die Einweihung erfahren und Kraftnamen bekommen hatten, vollwertig im Rat. Tanat betrachtete Garas ernstes Gesicht. Die Wunde war dank der Pflanzenumschläge gut geheilt und verschorft. Er würde lediglich eine Narbe an der Stirn zurückbleiben.

»Würdest du hier freiwillig wegziehen?«, fragte Gara den Freund.

Tanat dachte nach. »Ich weiß nicht«, antwortete er zögernd. »Ja, vielleicht. Wenn es keinen anderen Ausweg mehr gibt …«

»Auf jeden Fall würde es ein großes Abenteuer«, meinte Gara.

Der Kerl liebte, das war ja bekannt, die Herausforderung und den Nervenkitzel. Tanat dagegen schwebte noch immer Miras Lächeln im Kopf herum. Wann würde er sie wiedersehen?

»Ich habe eigentlich kein großes Interesse am Ringkampf«, sagte Gara. »Und auf Wanderschaft zu gehen, um ein neues Zuhause zu suchen, auch nicht.«

»Aber was dann?«

»Lieber aufs Meer hinaus. Da draußen ist man frei. Und hat keine Feinde.«

»Ich kann dich gut verstehen« sagte Tanat. »Mir geht es ja ähnlich. Aber mal ehrlich: hier sind wir doch auch frei. Oder hast du jemals einen Feind gesehen?«

»Nein« musste Gara zugeben. »Aber wir sollten die Berichte des Händlers und Onos Mahnung schon ernst nehmen. Wenn die Lage tatsächlich so ist, wie sie meinen, dann müssen wir uns eines Tages entscheiden: hierbleiben und notfalls um das Dorf kämpfen … oder in eine ungewisse Zukunft aufbrechen.«

»Ich werde das Dorf und das Fest vermissen. Beides«, sagte Tanat. Natürlich dachte er dabei insgeheim an die schöne Mira.

»Ich nicht«, antwortete Gara.

In diesem Punkt waren sie genauso uneinig wie der übrige Stamm.

Am nächsten Morgen flammte der Streit erneut heftig auf. Die Suche vom Vortag hatte nichts ergeben. Die Frauen und der kleine Como waren in der Nacht zurückgekehrt. Chio der Läufer und sein Bruder Cuperche machten sich nun in getrennten Richtungen auf den Weg. Irgendwo musste Mola doch sein …

Tatsächlich befand sich Mola im Buschland. Sie war lange unterwegs gewesen und suchte noch immer nach dem Stein. Instinktiv wusste sie, dass dort der Treffpunkt war. Der Kulkul hatte ihn so im Traum beschrieben: ein Fels, der wie eine Säule aus dem Boden ragte … Als sie ihn endlich fand, war sie überglücklich. Sie weinte vor Freude. Der Kulkul hatte also nicht gelogen. Er log nie, auch wenn seine Prophezeiungen oft düster und mitunter mehrdeutig waren.

Nie zuvor war Mola an diesem Platz gewesen. Sie untersuchte ihn genau. Die Steinsäule war im Boden versenkt und stand hier wohl seit einer Ewigkeit. Menschen mussten ihn mühsam an den Ort geschleppt und aufgerichtet haben. Aber warum? Wer waren diese Leute? Ganz sicher Ahnen aus grauer Vorzeit …

Als Mola den Stein mehrfach umrundet hatte und keine Gravur an ihm fand, auch nichts im nahen Umkreis, aus dem man Rückschlüsse hätte ziehen könne, setzte sie sich, mit dem Rücken an den Stein gelehnt, und begann zu warten. Ganz sicher würde der Kulkul zum Treffpunkt kommen. Meistens erschien er ja in der Nacht und blieb in der Schwärze unsichtbar. Mola schloss beide Augen und ließ nur das dritte offen. In diesem Zustand bereitete sie sich auf die Ankunft seiner Stimme vor.

Sie träumte sich über eine weite Ebene hinweg, sah den Rand der Berge, roch den Duft des Waldes, der von dort heranwehte. Es war ein schöner Gedankenausflug. Aber plötzlich wurde er real. Sie sah Rauch aufsteigen, viel zu stark für ein normales Lagerfeuer. Hütten brannten, ein großes Dorf verwandelte sich in Feuersäulen und Rauch ... Dann kam der Schrei. Ein entsetzlicher Schrei aus Kehlen gequälter Menschen. Eisig packte er sie an und ließ sie erstarren. Sie hielt sich mit beiden Händen die Ohren zu.

Die Medizinfrau schrak hoch. War der Kulkul schon da gewesen? Hatte sie ihn verpasst? Oder kam er erst noch? Fand er sie schlafend vor, sodass sie das Wesentliche versäumte? War sie bei klaren Sinnen? »Was willst du mir sagen?«, flüsterte sie mit trockenen Lippen.

Erneut überfielen sie Traumbilder, die verworren und undeutlich waren. Sie sah das wiegende Schwanken des Schilfs, wenn der Wind durch den Wald fuhr, hörte sein Rascheln und Rauschen. Auch die Hütten schienen im Atem des Windes zu sein, denn sie schaukelten so stark, wie sie es nie zuvor erlebt hatte. Sie klammerte sich an den Säulenstein, dessen wohltuende Kraft und Stärke sie im Rücken spürte.

Plötzlich hörte sie deutlich ihren Namen rufen. Aber es war nicht die unheimliche Stimme des schwarzen Vogels, sondern der helle, besorgt klingende Ruf einer Frau.

Mola schnellte erschrocken hoch und fand sich im Innern ihrer Hütte wieder. Sie stand auf, bog die Schilfmatte am Eingang beiseite und trat in grelles Sonnenlicht.

»Mola ist da!«, schrien die Kinder. »Seht nur: die Dreiaugenfrau kommt aus der Hütte. Wahrscheinlich hat sie dort geschlafen.«

Das war unmöglich, denn man hatte zuvor auch dort alles abgesucht. Wie machte Mola das nur?

Jedenfalls war sie jetzt da.

Mit Erleichterung beobachteten die Leute im Dorf, wie Mola zur Feuerstelle schlurfte und, dort angekommen, etwas in die Glut warf. Weißer Nebel stieg tanzend auf und umspielte ihre Hände.

Sofort rückten alle in ihre Nähe und setzten sich im Kreis. Die große Ratsversammlung, die sie Tagoror nannten, war wieder eröffnet. Alle starrten gebannt die Medizinfrau an, warteten auf erlösende Worte. Als sie den Mund aufmachte, kam zunächst ein Stöhnen hervor.

»Es brennt«, sagte sie dann mit einer Stimme wie splitterndes Holz, »es brennt überall. Ich rieche Gefahr!«

Diese Worte waren noch verständlich, die danach folgenden nicht mehr. Mola begann jetzt in ihrer Fantasiesprache zu singen. Ein trauriges Lied, das zutiefst berührte.

Die Menschen im Dorf erschraken und fanden lange nicht zum Sprechen zurück. Erst ganz allmählich flammte die Diskussion wieder auf. Diesmal sehr ernst, ohne albernes Gezänk.

7

Das verlassene Dorf

Er irrte tagelang umher, umging bewusst die Küstenzone, von der es hieß, dass sie gefährlich sei in diesen Zeiten. Er nahm Umwege in Kauf, quälte sich durch das Gestrüpp des Buschlands, versuchte sich am Lauf der Sonne und an der Lage der fernen Berge zu orientieren. Immer nach Süden. Seltsamerweise fand er nirgends ein Dorf. Der schielende Händler hatte lange keine warme Mahlzeit mehr zu sich genommen. Die Vorräte in der Kiepe waren längst aufgebraucht. Er spürte immer stärker den aufkommenden Hunger. Er kam in Wellen. Es kniff und polterte in seinem Gedärm, erfasste seinen gesamten Körper, ließ ihn schwach und seine Schritte unsicher werden. Er schleppte sich mühsam voran. Er musste dringend etwas Essbares finden. Das Kauen von Baumrinde und Gräsern vermied er. Noch. Nein, er musste auf Menschen stoßen. Am besten ein Dorf, mit dem man Handel betreiben konnte. In seinem tragbaren Warenlager befanden sich Ziegenleder, ein kleiner Rest von Muschelketten. Und dann die Rohrflöten, mit denen man wie ein Vogel zwitschern konnte. Ganz unten, in einen Fuchspelz eingewickelt, sein kostbarster Schatz, den er schon lange mit sich trug und von dem er sich den größten Gewinn erhoffte: ein gut geformtes Beil aus Kupfer. Das war sein Einsatz. Mal sehen, was die Leute dafür zu bieten hatten ... Er trug die Kapuze tief ins Gesicht gezogen, um seinen kahlen Schädel vor der

Sonne zu schützen. Nun blieb er stehen, um sich den Schweiß wegzuwischen. Er nestelte nach dem Trinksack am Gürtel, zog den Holzstöpsel aus dem Lederbalg und trank ein paar Schlucke. Die letzten. Es galt, eine Quelle oder einen Bachlauf zu finden, sonst würde er es nicht mehr lange in der sengenden Hitze aushalten. Er ließ sich im Schatten eines Baumes nieder. Nur kurz ausruhen. Nicht einschlafen. Da kein Windhauch ging, stand die Luft unerträglich schwül. Fliegen summten um seine Ohren, krabbelten ihm über das Gesicht. Er gab es auf, sie wegzuscheuchen.

Genauso wie die Gedanken im Kopf. Erinnerungsbilder aus seiner langen Wanderschaft tauchten auf. Schöne und hässliche Momente. Solche, die er gern vergessen hätte. Instinktiv tastete seine Hand nach dem Messer am Gürtel. Es war in einem Lederhalfter verborgen und besaß eine scharfe Klinge aus Kupfer. Nur einmal hatte er es benutzt, um sein Leben zu retten. Es schauderte ihm, wenn er an jenen schrecklichen Tag zurückdachte. An das Blut des Fremden. Wie er mit erstauntem Blick mit beiden Händen zur Wunde fasste. Plötzlich mit starren Augen dalag und sich nicht mehr rührte.

Der Händler versuchte, die quälenden Gedanken abzuschütteln. Sie waren wie lästiges Fliegengesumm. Nein, so ging es nicht weiter. Er musste nach vorn blicken. In eine bessere Zukunft. Einen guten Handel abschließen. Irgendwo eine sichere Bleibe finden. Am besten einen ruhigen Rastplatz für den Rest seines Lebens. Stöhnend richtete er sich auf und setzte seinen Weg ins Unbekannte fort. Langsam, mit schleppendem Gang und von Hunger geplagt. Am späten Nachmittag, als die Sonne bereits weit nach Westen gewandert war, entdeckte er in der Ferne eine dünn aufsteigende Rauchsäule. Das musste ein Lagerplatz sein, eine Ansiedlung. Entschlossen steuerte er darauf zu. Allerdings dauerte es noch eine ganze Weile, bis er die Stelle erreichte. Ein Waldstück mit einer Lichtung darin. Einfache Hütten aus Holzstangen und Flechtwerk, mit Moospolstern und Baumrinden als Abdeckung.

Vorsichtig näherte er sich. Lauschte auf jedes Geräusch. Setzte die Füße so leise wie möglich. Nichts. Er ging von Hütte zu Hütte, spähte hinein. Nirgends ein Mensch. Er sah ein paar alte Matten und zerbrochene Töpfe aus gebrannter Erde. Alles lag durcheinander. Das Dorf war offensichtlich fluchtartig verlassen worden. In der Mitte des Platzes glommen Reste einer Feuerstelle. Zwei Hühner scharrten im Sand. Das war seltsam. Wer hatte das Feuer entzündet? Woher kamen die Hühner? Wenn die Leute abgezogen waren – warum hatten sie Tiere zurückgelassen und die Vorratsgefäße zerschlagen? Einen Moment lang überlegte er, eines der Hühner zu fangen und am Feuer zu braten. Aber er gab das Vorhaben bald auf. Das Federvieh flatterte gackernd hoch und floh bei jeder Annäherung. Der Händler fühlte sich erschöpft und elend. Er suchte sich einen Platz neben dem Eingang einer Hütte, von wo aus er alles gut überblicken konnte. Irgendwann werden die Leute zurückkehren, dachte er noch, bevor ihn die Müdigkeit übermannte. Mit dem Rücken an die Kiepe gelehnt, schlief er ein. Er träumte von einem Festessen bei fröhlichen Menschen, glaubte, das Knistern von Feuer zu hören und den aufsteigenden Duft von gebratenem Fleisch zu riechen. Gleich würde das Elend ein Ende haben, sein kräftezehrender Marsch einen guten Ausgang finden ...

Aber die Fliegen ... Wo kamen plötzlich all diese Fliegen her? Überall krabbelte es ...

Mit diesem Gefühl wurde er unsanft geweckt. Es war helllichter Tag. Er musste lange geschlafen haben. Eine Hand rüttelte an seiner Schulter. Als er die Augen öffnete, wollte er nicht wahrhaben, was er sah: Es war eine Gespensterwelt, die aus grinsenden Totenschädeln bestand. Drei Männer, deren Körper mit weißen Strichen und Punkten bemalt waren, umringten ihn. Auch ihre Gesichter waren gekalkt, was den Eindruck erweckte, als beständen sie aus blanken Knochengebein. Daraus starrten ihn dunkel umrandete Augen an.

»Wer bist Du?«, fragte eine der Gestalten.

Seine Stimme klang fremdartig. Schnarrend und schnalzend. Auch die Anderen sprachen so in einem kaum zu verstehendem Dialekt.

»Ich bin ein reisender Händler. Bin lange unterwegs gewesen und habe mich auf dem Weg verirrt.« Er nahm all seinen Mut zusammen und äußerte wahrheitsgemäß: »Ich habe Hunger.«

»Wir auch«, brummte einer der Männer, und ein anderer fragte, wobei sein weißer Totenkopf näher rückte: »Was hast Du denn für Waren?«

Dem schielenden Händler wurde zunehmend unwohl bei der Begegnung, zumal die Bemalten schlecht rochen. Womit hatten sie sich eingeschmiert? Und wie sie ihn anstarrten!

»Verschiedenes«, antwortete er. »Es kommt darauf an, was ihr zum Tausch anzubieten habt.«

»Hühner«, sagte der dritte Mann. »Wir hätten Hühner anzubieten.«

Er lachte lauthals los und die anderen Beiden stimmten in sein Getöse ein. Sollte das ein Witz sein? Was hatten die Kerle vor? Vorsichtshalber tastete der Händler nach seinem Gürtel. Das Messer war noch da. Er würde sich zu verteidigen wissen.

»Allerdings müssen wir die Viecher erst einfangen«, sagte wieder der erste Mann und schüttelte sich vor Lachen.

Der Händler blickte genau hin und erkannte in der verzerrten, weißen Maske die Augen. Sie waren starr und lachten kein bisschen.

»Seid ihr allein im Dorf?«, fragte er, um abzulenken. »Wo sind die Anderen, die Frauen und Kinder? Ich habe Dinge dabei, die ihnen gefallen werden.«

»Dann zeig mal her.«

Der Wortführer war ein weiteres Stück näher gerückt, ohne sich hinzusetzen. Er ging in die Hocke und wirkte irgendwie sprungbereit.

Das mulmige Gefühl verstärkte sich bei dem Händler, der schon vieles erlebt hatte. Er spürte deutlich: irgendetwas stimmte hier nicht. Die Bemalten rückten noch näher heran. Unmerklich, aber er nahm die Bewegungen dennoch wahr. Drei gegen einen! Eine ungleiche Ausgangssituation. Und bedrohlich zudem. Wie konnte er der Lage entkommen?

»Die Frauen und Kinder …«, grölte der zweite Mann. »Ja, wo sind sie nur?«

»Die sind jetzt alle bei den Ahnen«, sagte der erste.

War er verrückt? Von Rauschsaft verwirrt? In einem religiösen Wahn? Was waren das nur für schlechte Scherze!

»Und willst Du auch wissen, warum?«, zischte der Totenschädel vor seinem Gesicht.

Der Atem des Mannes stank. Der Händler wandte sich angewidert ab. In diesem Moment sprangen ihn die Gestalten an. Der eine von rechts, der andere von links. Instinktiv wich der Händler ihrem Angriff aus, versuchte, nach vorn und auf die Beine zu kommen. Aber das erwies sich als Fehler. Der Mann in der Mitte fing ihn auf und umklammerte seine Arme. Stark. Es war zwecklos, mit ihm zu ringen. Dann packte von der Seite her eine Hand auf die Glatze des Händlers und riss seinen Kopf nach hinten. Mit einem einzigen kräftigen Schnitt wurde seine Kehle durchtrennt. Der leblose Körper des Händlers fiel dem Mann, der ihn noch immer umklammert hielt, entgegen. Der wich aus und ließ ihn zu Boden fallen. Direkt hinein in das eigene Blut.

»Jetzt wollen wir mal sehen, was er für Geschenke mitgebracht hat«, sagte der erste Bemalte.

Der Zweite war schon dabei, den Inhalt der Kiepe auszustülpen. Die Flöten, die der kleine Como so schön geschnitzt hatte, damit sie wie Vogelstimmen klangen, rollten in den Sand. Er hob eine von ihnen mit spitzen Fingern hoch, betrachtete sie kurz und warf sie dann achtlos beiseite. Ebenso den Schmuck. Alles wertloser Plunder. Er kramte weiter und stieß auf das Fuchsfell. Er wickelte das Bündel auf. »Was ist denn das?«, rief er überrascht. Er hob das Kupferbeil hoch. Es glänzte bräunlich in der Sonne. Das Beil wanderte von Hand zu

Hand und wurde abschätzend betrachtet. Ein gutes Stück. Eine wertvolle Beute.

»Dann hat sich der Raubzug gelohnt«, meinte einer der Männer und schnalzte anerkennend mit der Zunge.

Der andere, der inzwischen den Leichnam abgetastet und das Messer im Lederschaft gefunden hatte, fragte: »Was sollen wir mit dem da machen?«

»Wir werfen ihn in die Grube. Zu den anderen«, entschied der Wortführer. »Am besten häufen wir Reisig darauf und verbrennen sie.«

»Und dann schlachten wir die Hühner«, sagte der Dritte.

8
Tagoror

»Ich sah unsere Hütten auf dem Meer treiben. Das ganze Dorf«, orakelte Mola, als sie wieder bei Bewusstsein war, in die erstaunten Gesichter hinein. »Alles schwankt. Mir wurde übel und schwindelig davon. Aber wenn man die Augen zumacht und nicht auf Wasser blickt, geht der Sturm vorüber ...«

Was redete sie da? Was sollte es bedeuten? Sprach sie von der großen Flut, die es in grauer Vorzeit gegeben haben sollte? Das war doch bloß eine Legende, ein Märchen. Was hatte das mit hier und heute zu tun?

Gazma, die Frau von Cuperche, erschauderte bei Molas Worten, und einigen Anderen erging es ebenso. Welche schrecklichen Bilder die Dreiaugenfrau erzeugte! Was musste nur in ihrem Kopf vorgehen? Dass sie verrückt war, das wusste jeder. Eine Greisin, die mitunter in einer unverständlichen Sprache redete, seltsame Dinge tat und alle damit erschreckte. Aber sie war auch eine erfahrene Heilfrau, auf die sich jeder im Stamm verlassen konnte ... Warum sprach sie jetzt so, dass es einem durch Mark und Bein ging? Die Hütten auf dem großen, endlosen Wasser, das ganze Dorf ... Gaza stöhnte und schlug die Arme über ihrem Kopf zusammen, so erschrocken war sie.

Tazo der Fischmann sprang plötzlich auf und schrie: »Das ist es! Ja, genau, das ist es! Davon habe ich oft schon geträumt! Wir binden mehrere Schilfbündel zusammen und machen darauf die Hütten fest!«

Man merkt es seiner Begeisterung an, dass er dazu bereits heimlich konkrete Pläne im Kopf herumgewälzt hatte. Jetzt konnte er sie endlich äußern.

»Den Bug binden wir hoch, damit er aus dem Wasser ragt und die Wellen teilt ... Das Rohr des Schilfes ist innen hohl und voller Luft. Es treibt immer oben und kann sogar Lasten tragen. Und das Wasser fließt darüber hinweg. So ein Boot kann niemals sinken! Es gibt nichts Sichereres auf der Welt als ein Boot aus solchem Material! Davon haben wir reichlich im Schilfwald. Auch dicke Stämme, die als Mast dienen können ... Die Segel ...«, er malte mit verzücktem Blick ein Bild in die Luft, »... die Segel flechten wir aus Matten, die man einrollen kann. Je nachdem, wie der Wind weht, lassen wir sie ab oder ziehen sie hoch ...Und die Hütten befestigen wir an Seeschlitten und Mast.«

Das war eine erstaunlich lange Rede für einen ansonsten eher schweigsamen Mann. Alle waren erstaunt.

»Und wir nehmen alles mit, was von Wert ist«, ergänzte Agar, von Tazos Begeisterung angesteckt, und nun zur Rolle des Menceys zurückfindend, »die Ziegen, die Hunde und Schweine. Einfach alles. Wir lassen nichts mehr zurück.«

»Auch den stinkenden Bock?«, fragte der alte Echey, der manchmal nur so tat, als wäre er schwerhörig.

»Ja, auch den Bock«, antwortete Agar. »Besonders den. Oder sollen wir in Zukunft auf Zicklein, saftiges Fleisch und gutes Leder verzichten?«

»Und die Schweine?«

»Selbstverständlich nehmen wir auch die Schweine mit. Und dich auch, du alter Sturkopf. Wer soll sich denn sonst um die Tiere kümmern? Oder willst du die ganze Arbeit Atog und Buca überlassen?«

Echey fragte nach, ob er auch alles richtig verstanden hatte, um Zeit zu gewinnen. Als sein Sohn nickte und dessen Frau ebenfalls, schüttelte der Alte verwirrt den Kopf. Von da an schwieg er nur noch, in Gedanken versunken.

»Dann ist es also entschieden, dass wir Molas und Onos Rat folgen und dass wir aufbrechen?«, fragte Ula in die Runde.

Sie blickte in etliche Gesichter, die verwirrt und unentschlossen wirkten, und fügte daher hinzu: »Ich fühle wie ihr, wie schwer es ist, Abschied von der vertrauten Heimat zu nehmen. Wir sind im Schilf geboren, wir haben darin gelebt und nun nimmt es uns mit auf eine Reise. Ich vertraue dem Schilf. Ihr solltet es auch tun. Es hat uns immer beschützt. Mit ihm werden wir sicher unterwegs sein …

Wagen wir uns also hinaus auf das Meer. Mit Aboras Hilfe wird es gelingen. Ich vertraue auch der Macht des Windes und des Meeres. Vor allem aber setze ich auf den Mut und die Tapferkeit unseres Stammes …

Wir werden zu neuen Ufern aufbrechen, Land finden, das uns und unseren Kindern eine gute Zukunft bietet.«

Nach einer kurzen Pause, in der alle im Tagoror schwiegen, fügte sie noch hinzu: »Wie Agar schon sagte – wir nehmen jeden und alles mit. Was auch passiert, wir bleiben zusammen. Wir lassen ein altes Leben zurück, um ein neues, besseres zu wagen! So denke ich,

Ula die Ziegenfrau. Wenn jemand von euch anderer Meinung ist, dann soll er es sagen.«

Eine Weile lang herrschte nachdenkliches Schweigen im Kreis. Niemand fand einen Einwand. Die Stille wurde erst unterbrochen, als Mola plötzlich mit klarer Stimme zu vernehmen war: »Ich bleibe mit Tanat zusammen«, sagte sie. »Der die Adler sieht soll das Boot steuern … Wir können Tiere mitnehmen. Eine Ziege und die Hunde … Aber ihr müsst mich, wenn alles bereit ist, durch das Wasser zum Boot tragen. Ich kann nicht schwimmen und will auch nicht das Meer sehen. Wenn ich erst in der Hütte bin, werde ich die Augen schließen und erst wieder öffnen, wenn wir sicher an Land sind.«

Tanat fühlte sich geehrt, dass sie ihm eine solche Aufgabe zutraute. Welche Augen wird sie schließen? dachte er. Nur die zwei oder alle drei?

Ein paar der Kinder lachten keck. Was? Mola konnte nicht schwimmen, hatte Angst vor dem Meer? Jeder im Stamm liebte das Wasser. Wer laufen lernte, konnte auch schwimmen. Diese Mola! Aber wenn sie schon beide Augen schloss, konnte sie vielleicht besser mit dem dritten sehen? Das wusste niemand. Nach Ulas Ermahnung schwiegen die Kinder still.

Dann hat sich der Handel gelohnt, dachte Agar. Mit den scharfen Steinbeilen und Klingen als Werkzeug würde man viel leichter arbeiten können … wie viele Boote brauchten sie eigentlich? Sieben. Sieben Hütten auf sieben Booten … Und alles musste irgendwie gleichmäßig verteilt werden … Der Bock bleibt bei mir, Ula und Gara, dachte Agar. Er stinkt halb so schlimm, wie alle behaupten … Ja, die Hunde konnte Tanat mitnehmen, eine Ziege auch. Die restlichen würden noch Platz auf anderen Booten finden …

»Dann ist es also entschieden?«, wiederholte Ula ihre Frage.

Sie blickte die Menschen im Kreis der Reihe nach an, direkt in ihre Gesichter, Augen und Herzen. Sie wusste, wieviel von dieser Entscheidung abhing. Die Entschlüsse im Tagoror mussten einstimmig fallen …Jeder im Kreis nickte und hob die linke Hand zum Freundschaftsgruß. Als letzter zögerlich der alte Echey. Natürlich wollte er beim Stamm bleiben. Alle wollten das schließlich. Niemand konnte sich ein Leben ohne den Stamm vorstellen.

9
Agars Stunde

Es war ungewöhnlich warm in diesem Jahr. Von morgens bis abends brannte die Sonne vom Himmel. Man war froh, dass wenigstens ab und zu ein paar schattenspendende Wolken, von Osten her kommend, aufs Meer hinauszogen. Der Wind wehte schwach, schien mitunter einzuschlafen. Nichts deutete darauf hin, dass bald die ersten Vorboten der Küstenherbststürme auftauchen würden. Aber die Arbeiten im Schilfwald und am Strand gingen ungeachtet dessen zügig voran.

Agar erwies sich als echter Mencey. Der Titel stammte noch aus der alten Sprache der Ahnen und bedeutete »Edler« Und edel in der Gesinnung musste man von Natur aus sein, um anerkannt und als Häuptling gewählt zu werden. Agar stelle sich den neuen Herausforderungen, die nun vor ihm lagen, bewies sich als Meister der Organisation, als fürsorglicher Beschützer des Stammes und als gutes Vorbild für die Kinder. Ula war zurecht stolz auf ihn. So liebte und schätze sie ihn, ihren zottelhaarigen, gutmütigen Riesen mit den unglaublichen Kräften. Ebenso stolz war sie natürlich auf ihren Sohn Gara ...

Der das Meer riecht war äußerst geschickt im Zusammenfügen der Schilfbündel, für die nun pausenlos im Wald geschnitten wurde. Er besaß ein gutes Auge für diese Dinge, hatte mit eigener Hand schon mehrere kleinere Seeschlitten gebaut. Er wählte nur die besten Stängel aus, die biegsam und elastisch waren. Er war nicht traurig, dass er sein letztes Gefährt zum Wellenreiten beim Unfall verlor. Das Meer hatte es, ebenso wie das von Tanat, zornig zerschlagen und fortgespült. Aber das war nicht schlimm. Er würde nun ein größeres, weitaus besseres bauen ...

Tanat arbeitete an der Seite von Gara. Vieles ging leichter zu zweit. Sie verständigten sich dabei ohne viel Worte, oft nur mit Blicken, und wussten stets, was der andere meinte. Die beiden Freunde waren es von klein auf gewöhnt, von dem Tag an, als die Dreiaugenfrau Tanat ins Dorf brachte.

Es gibt in der Welt verschiedene Größen, dachte er. Bisher hat mich nur das mittlere Maß interessiert. Weil man damit leichte Seeschlitten zum Wellenreiten bauen kann ... Jetzt stelle ich mir größere Boote aus größeren Bündeln vor. Sehe sie als klares Bild in meinem Kopf. Also müssen wir auch dickere Stängel finden. Man sieht es ja förmlich jedem einzelnen an, ob er dafür etwas taugt oder nicht ...

Und dann gibt es noch die kleinere Welt. Die der feinen Decken und Matten, die dünneren Halme, die biegsam sind wie Seile. Das richtige Material für die Segel. Denn das Meer ist das eine, das andere aber ist die Luft, dieses unendlich große, nicht begreifbare Element, das mir so vertraut ist. Um seine Kraft geht es, wenn es in die Segel greift und uns vorantreibt, als seien unsere Boote Federn im Wind ... Er ist mächtig, der Wind. Er duldet keinen Widerstand. Man muss mit ihm sein, mit ihm gleiten, mit ihm spielen. Nur so wird er zum Freund ...

Tazo der Fischmann wählte besondere Stämme aus, die ihm als Mast geeignet erschienen. Er fällte nur die kräftigsten, die biegsam voller Leben waren. Die Kinder sammelten unterdessen eifrig Material für die Segel ein. Nur leichte, dünne Stängel von bestimmter Länge. Die Frauen des Dorfes waren sehr geschickt darin, leichte Rollmatten zu fertigen.

Chio der Läufer und sein Sohn, der kleine Como, verbrachten den ganzen Tag damit, kräftige, sehnige Pflanzenfasern zu stabilen Seilen zu drehen. Chio hatte sie aus dem Buschland mitgebracht und wusste weitere Stellen, wo noch Nachschub zu finden war. Es musste ja alles seefest verschnürt und verknotet sein. So viele Seile hatten sie noch nie gebraucht. Aber jetzt galt es alles richtig zu vertauen. Besonders den Mast und das Segel.

Als nach Tagen harter Arbeit das erste Boot fertig war, setzte Tazo stolz den Mastbaum. Er mühte sich mit Augenmaß und Muskelkraft. Der Mast musste gut an der Querverstrebung befestigt sein. Rechts und links davon brachte Tazo Seitenschwerter an, die sich mit Seilen hochziehen ließen. Sie waren aus leichtem Holz geschnitzt, aus dem Strandgut, das in der Bucht anschwemmte. Er besaß ein Lager davon. Benutzte es als Feuerholz. Aber dafür war es jetzt viel zu schade. Als Seitenruder würden sie bedeutend nützlicher sein. Mit ihnen konnte man, wenn man geschickt war, gut durch die Wellen steuern.

Dann brachten die Frauen das fertig geflochtene Segel und der kleine Como noch mehr Seile. Nun kam es darauf an, ob Tazos und Tanats Konstruktion genauso gut funktionierte, wie sie es behauptet hatten. Es war die schwierigste Arbeit, denn sie taten es das erste Mal in ihrem Leben. Endlich klappte es. Die Seile waren richtig gespannt, der Mast saß fest, und das Segel ließ sich leicht hochrollen und ablassen.

Tazo schwitzte und strahlte, als das Werk vollendet war. Nun würde man gut eine Hütte auf dem Seeschlitten befestigen können. Alle umrundeten mit kritischen Blicken das Boot. So ein Wasserfahrzeug hatten sie nie zuvor gesehen. Und damit sollten sie nun hinaus auf das weite, wilde Meer?

»Halb so schlimm«, hatte Tazo der Fischmann gesagt. »Wir fahren ja nicht weit hinaus. Wir segeln immer dicht an der Küste entlang. Bei gutem Wind und passender Strömung wir das bestimmt ein Vergnügen.«

Manche blieben noch immer skeptisch bei seinen Worten. Wellenreiten ... ja, das machte Spaß. Auch auf kleinen Seeschlitten den Fischen nachjagen. Aber mit einem so großen Boot? Das war schon etwas Anderes!

»Kommt, packt mit an!«, rief Agar.

Sie bauten seine Hütte ab, trugen die Hölzer, Rohre und Matten zum Strand und fügten sie auf dem Boot wieder zusammen. Mit diesem symbolischen Akt wollte der Häuptling mit gutem Beispiel vorangehen. Die lautstarke Ula protestierte nicht. Im Gegenteil: Sie war emsig dabei, aus der neuen Behausung, die bedeutend kleiner als die vorherige ausfiel, ein behagliches Nest zu formen ... Natürlich würden sie vorerst die Nächte nicht auf dem Boot verbringen. Bis die sieben Seeschlitten fertig waren, konnte man bei diesen warmen Temperaturen gut auch so im Schilfwald schlafen. Außerdem vermittelte es das Gefühl, man sei noch immer im Dorf. Ein bisschen Heimat ...

Danach lagen sie noch eine Zeitlang am Strand, ruhten sich aus, betrachteten das Aufleuchten erster Sterne. Bald würde der Himmel voll von ihnen sein. Die Lagerfeuer und Lichter der Ahnen …

Wir werden eine Ziege opfern müssen dachte Agar. Damit es mal etwas Anderes zu essen gibt als immer nur Fisch. Auch der wird inzwischen knapper, seit Tazo mit den Masten beschäftigt ist und nicht mehr auf Fang geht … Als Mencey durfte er die Tiere zwar aufziehen, aber nicht schlachten. Die Hände eines Edlen mussten rein von Blut sein. Er durfte nie töten. Kein Tier und auch keinen Menschen. Höchstens im Zweikampf bei Gefahr um das eigene Leben. Atog und der alte Echey, die Erfahrung mit dem Schlachten besaßen, würden es übernehmen, die Ziege enthäuten, das Fleisch, die Knochen, die Innereien zerlegen …

Eine Ziege können wir noch entbehren, dachte Agar. Zur Not auch zwei, bis die Boote fertig sind. Mehr nicht … Aber ich habe ja den Bock dabei, diesen widerspenstigen, stinkenden Kerl mit den bösen gelben Augen, den niemand in seiner Nähe haben will. Der wird es schon richten … Allerdings die Geißen … die muss ich von ihm trennen, sonst dreht er durch. Die müssen auf anderen Booten untergebracht werden. Die Hunde auch. Die vertragen sich mit dem Bock nicht … Mola hat sich bereits angeboten. Die anderen werden auch mithelfen. Das Gewicht auf den Seeschlitten muss gut verteilt werden …

Mola, die Medizinfrau, war nicht mit zum Strand gekommen. Sie lag, von den vielen Gedankenausflügen und wirren Bildern erschöpft, in ihrer Hütte und versuchte zu schlafen. Ich bleibe so lange im Schilfwald, wie es nur geht, dachte sie noch kurz, bevor ihr die beiden natürlichen Augen zufielen. Ganz zuletzt, wenn alles fertig ist, können sie mich durchs Wasser aufs Boot tragen. Mit Aboras Hilfe wird alles gut …

10
Der Überfall

Nach einer Reihe harter Arbeitstage lagen die ersten drei Boote fertig am Strand. Es hatte noch immer keinen Ziegenbraten gegeben, denn Agar konnte sich nicht entscheiden, welches von den Tieren er opfern sollte. Sie waren ihm wie Kinder ans Herz gewachsen, unterschieden sich alle in Aussehen, Stimme und Charakter. Er sprach mit ihnen. Das war normal. Er sprach mit jedem Tier. Tiere waren zwar keine Ahnen, aber irgendwie doch mit den Menschen verwandt. Sogar der stinkende Ziegenbock.

»Wähle Du«, bat er deshalb seine Frau Ula. »Ich will gar nicht wissen, wie die Entscheidung ausfällt. Hol Agat und den alten Echey zu Hilfe. Die sollen es machen. Ich muss mich um andere Dinge kümmern.«

»Geh nur«, antwortete Ula wie immer in einem solchen Fall, »aber sieh zu, dass wir heute Abend ein anständiges Lagerfeuer haben. Das Fleisch muss gut durchgebraten werden. Die Kinder sollen genug Holz dafür holen. Aca, Bea und Nada sind bereits unterwegs, um Wildpflanzen und Kräuter zu sammeln, damit wir reichlich Beilage haben und eine gute Suppe kochen können.«

Agar schickte die Kinder los und ging noch einmal zum Strand, um die Seeschlitten zu begutachten. Besonders eingehend betrachtete er das Boot mit seiner Hütte. Wie winzig klein sie war, im Vergleich zu der gewohnten Behausung davor!

»Na zufrieden?!«, hörte er neben sich die Stimme von Tazo dem Fischmann und Meister der Masten.

»Das werden wir sehen, wenn wir auf dem Wasser sind«, brummte Agar. »Die Boote machen einen recht guten Eindruck!« Und fügte nach einer Weile hinzu: »Es gibt übrigens heute Ziege. Sag den anderen Bescheid. Es soll ein kleines Festmahl werden.«

»Ein Festmahl? Wegen der Boote?«

»Ja genau. Wegen der Boote.«

So wortkarg die Unterhaltung zwischen Agar und Tazo auch verlief – in kürzester Zeit wussten es alle und freuten sich auf den Abend. Schon bald stieg Rauch vom Lagerfeuer auf. Auch am Himmel über dem Schilfwald entzündeten die Ahnen nun nach und nach ihre Feuer. Es war so ruhig und windstill, dass man die Bewegung einzelner Blätter hören konnte. Und natürlich im Hintergrund das gleichmäßige Rauschen des Meeres. Es atmete wie im Halbschlaf.

Tanat und Gara fachsimpelten gerade über die perfekte Anbringung von Seilen am Segel und wie man damit am besten den Wind einfangen könnte, als ein fernes Knacken und Rascheln im Schilfwald alle am Feuer zusammenzucken ließ. Es war eigentlich kein einzelnes Geräusch, sondern eine Vielzahl unterschiedlicher Laute, die da aus der Dunkelheit herankamen, näher und näher, jetzt sogar unterscheidbar in Schritte, Schlurfen, menschliche Stimmen. Sofort waren die Männer aufgesprungen. Sie griffen nach Holzknüppeln und Tazo nach seiner Lanze. Ula stand mit dem Wurfspeer bereit.

»Wer ist da?«, brüllte der Riese Agar mit Donnerstimme in den Schilfwald hinein.

Dort traten jetzt Gestalten hervor. Sie erkannten Texo, Teno und Lobo und nun auch die massige Gestalt ihres Vaters Xaca, die sich nun zwischen sie schob. Sie waren alle bewaffnet, hoben aber die Linke zum Freundschaftsgruß.

»Was ist los?«, rief Agar. »Was soll das bedeuten?«

»Wir sind auf der Flucht«, antwortete Xaca. »Es sind schlimme Dinge passiert. Wir werden angegriffen. Unser Stamm hat das Dorf verlassen.«

»Was?« Agar blieb staunend der Mund offen stehen.

»Es ist, wie ich sage. Wir sind sofort aufgebrochen. Seit zwei Tagen unterwegs. Wir kamen nur langsam voran, weil wir alles bei uns tragen, was uns lieb und wertvoll erscheint.«

»Und wo wollt ihr hin?«

»Nach Süden. Immer weiter nach Süden. So riet es uns Ono, der Dorfälteste. Aber wohin genau, das wusste er auch nicht.«

»Dann kommt erstmal ans Feuer, damit wir alles in Ruhe besprechen können«, sagte Agar.

Insgeheim aber dachte er: Ausgerechnet jetzt kommen die. Als ob sie den Braten gerochen hätten …

Ula und Gazma dachten: der ganze Stamm? Dann wird das Essen niemals für alle reichen. Wir müssen die Suppe strecken und noch ein paar Zutaten zusätzlich beifügen. Dann kommt es, wenn wir Glück haben, einigermaßen hin …

Tanat entdeckte unter den Gestalten, die nun nach und nach aus dem Schilfwald kamen, auch Mira. Ihr schönes Gesicht war bleich und wirkte traurig und verzweifelt. Es wäre jetzt gern auf sie zu gegangen und hätte sie zum Trost in die Arme genommen. Aber das schickte sich nicht. Nicht jetzt und schon gar nicht vor all den Leuten ...

Es gab ein fürchterliches Durcheinander, bis alle endlich Platz am Lagerfeuer fanden. Man musste zusammenrücken, enger sitzen, denn eine Hälfte des Kreises wurde nun von Xacas Leuten eingenommen. So saßen sich die beiden Stämme gegenüber.

Die Zubereitung der Speisen und das Wunder ihrer Mengenvermehrung dauerte nun erheblich länger. Xaca nutze die Gelegenheit für seinen ausführlichen Bericht.

»Nicht das Dorf direkt wurde angegriffen, aber unsere Jäger, als sie im östlichen Buschland auf Wildbeute waren. Ceo und Oca. Mira war bei ihnen und hielt auf einem Baum Wache. Sie sagt: Plötzlich kamen Fremde heran. Die ritten auf großen, langbeinigen Tieren und waren bewaffnet. Mira stieß den Warnruf aus, den Falkenschrei: Aber die Fremden waren zu schnell. Ceo konnte sich retten, indem er einen Abhang hinabrollte. Er kroch durch das Dickicht und entkam mit knapper Not. Nur ein paar Schürfwunden. Die werden heilen ...«

Xaca machte eine kurze Pause, um sich zu sammeln. Es fiel ihm spürbar schwer, die weiteren Worte zu finden: »Oca aber, der in die entgegengesetzte Richtung lief, erreichte den Waldrand nicht mehr. Sie warfen Lanzen nach ihm. Eine davon durchbohrte seinen Rücken ...«

Eine Frau in Xacas Nähe schrie auf und schlug weinend die Hände über den Kopf zusammen. Die Frau des Jägers, die bisher so tapfer gewesen war. Nun brach das gesamte Leid und Elend aus ihr heraus. In Krämpfen geschüttelt weinte und schrie sie, ihr Körper zuckte so stark, dass die um sie herumsitzenden Frauen sie festhalten und besänftigen mussten. Auch ihr kleiner Sohn, der nun ohne einen Vater aufwachsen musste, weinte ununterbrochen.

»Dann sind die Fremden so schnell verschwunden, wie sie aufgetaucht sind«, sagte Xaca. »Unser Dorf haben sie nicht gefunden. Im Schilfwald kann man nicht reiten ... Aber wenn sie absteigen und zu Fuß kommen ... Wir sind nicht mehr sicher ...«

Man sah es ihm an, dass ihm der Vorfall sehr bewegte. Seine Miene wirkte versteinert, die Wangenknochen mahlten heftig und sein Blick verdüsterte sich noch mehr. Er senkte den Kopf, während er weitersprach:

»Und das ist nicht der einzige Schlag, der unsere Gemeinschaft getroffen hat ...«, fuhr er fort. »... Am selben Tag starb Ono, unser Dorfältester, an Schwäche. Wir fanden ihn reglos in seiner Hütte. Er war kalt und steif. Er ging den Weg zu den Ahnen ...«

Ein betroffenes Raunen kam auf.

»Am Tag zuvor habe ich noch mit ihm gesprochen«, sagte Cara, Xacas Frau. »Ich konnte nicht alles verstehen, was er murmelte. Aber er riet immer wieder eindringlich, das Dorf zu verlassen. Wir sollten sofort aufbrechen. Und das haben wir ja dann auch getan. Nun sind wir hier ... Fragt die Frau mit den drei Augen um Rat, sagte er. Sie wird den richtigen Weg für uns wissen ... Wo ist sie überhaupt? Ich sehe sie nicht im Kreis.«

»Sie schläft in ihrer Hütte. Sie muss sich ausruhen«, sagte Chio der Läufer. »Auch bei uns ist viel passiert, seit unserem letzten Treffen ...«

Er beließ es bei dieser vagen Andeutung.

In Agars Gedärm knurrte der Hunger. Es wurde höchste Zeit, dass endlich das Essen kam ...Chio der Läufer brachte zusammen mit dem kleinen Como

Trinkwasser in Beuteln aus Ziegenleder herbei: Die machten die Runde im Kreis. Jeder durfte einmal mit beiden Händen den Beutel heben und ausgiebig das wohltuende Nass in den offenen Mund laufen lassen. Nach dieser Erfrischung wurde die Suppe ausgegeben. Ein großer Topf wurde herangeschleppt und noch ein zweiter, denn die Frauen hatten wieder einmal gezaubert.

Jeder bekam ein winziges Stück Fleisch in die Hand und durfte, wenn er oder sie an der Reihe war, heiße Suppe aus der weitergereichten Schale schlürfen.

»Ich sehe, wie müde und erschöpft eure Leute sind«, sagte Agar.

Die Kinder schliefen bereits an der Feuerstelle und einige der Erwachsenen auch.

»Für uns hat die Dreiaugenfrau bereits eine Antwort gefunden. Wir werden Molas Rat befolgen. Was das genau bedeutet, werdet ihr morgen sehen. Mehr sage ich im Moment nicht dazu, denn ihr müsst es mit eigenen Augen sehen ... Lass uns also morgen weiter über alles reden. Morgen ist ein neuer Tag.«

Xaca nickte. Wortlos rollte er sich am Rand des Feuers in eine bequeme Lage und schlief sofort ein.

11
Abora

Am nächsten Morgen zogen alle – bis auf Tazo und ein paar Männer und Frauen, die die frühe Stunde für den Fischfang und das Sammeln der Meeresfrüchte nutzen wollten – hinunter zum Strand, um das Wunder zu bestaunen: die Seeschlitten. Manche schüttelten den Kopf und äußerten Zweifel, ob solche Boote tauglich für die gefährliche Reise über das große Wasser wären.

Agar versuchte, die Bedenken zu zerstreuen. Er benutzte dafür seine tiefe Stimme, die Kunst, Worte besonders zu betonen und ihnen Bedeutung zu verleihen, und das gesamte Fachwissen, das er sich inzwischen angeeignet hatte. Er sprach beinahe schon so begeistert wie Tazo.

Xaca wirkte immer noch skeptisch. Einige andere seines Stammes auch. In der Flussmündung Reusen auszulegen und dort Fische zu fangen, das war eine Sache. Aber sich mit Booten, die bloß aus Schilfstengeln bestanden, hinaus auf die offene See zu wagen, das war etwas gänzlich anderes ... Agars Männer mochten ja durchaus tüchtige Kerle sein. Und bekanntermaßen gute Ringer. Aber ein bisschen verrückt waren die schon! Die Frauen auch ... zeigten keine Sorge und taten so, als sei es das selbstverständlichste der Welt, in schwimmenden Hütten umzuziehen und sich wegtreiben zu lassen ... Und dann das ganze Viehzeug von denen! Ziegen und Schweine. Das wollen sie alles mit aufs

Meer nehmen? Nur gut, dass sein Stamm nichts von alldem besaß, um das sie sich kümmern mussten! Wäre auch viel zu mühsam bei einer langen Wanderung nach Süden ...

Xaca wurde vom vielen Nachdenken schwindelig. Er musste sich erstmal in den Sand hocken. Agar setzte sich neben ihn. Schweigend. Das was das Beste, was man jetzt tun konnte. Schließlich stand sein Entschluss ja fest. Wie Xaca sich entscheiden würde, das war seine Sache ...

Xaca malte gedankenversunken mit den nackten Zehen Figuren in den Sand.

»Und dazu hat euch die Dreiaugenfrau tatsächlich geraten?«, fragte er.

»Ja. Sie sah es in einer Vision.«

Xaca durchkraulte sich den Bart. Das tat er stets, wenn es um schwierige Entscheidungen ging. In seinem Stamm hatte es nie eine Schamanin gegeben, keinen Heiler. Abgesehen vielleicht von Ono. Und der konnte nun keinen Rat mehr geben ...

»Ich werde zur ihr gehen«, sagte er entschlossen. »Sie um Hilfe bitten. Wenn jemand einen Weg für uns weiß, dann sie. Sie hat das zweite Gesicht.«

»Das stimmt«, antwortete Agar, »sie hat das zweite Gesicht.«

Die beiden Häuptlinge erhoben sich und wanderten schweigend zurück ins Dorf. Hier sah es fast so aus wie immer, nur dass die Frauen der beiden Stämme zusammengerückt waren und sich angeregt unterhielten. Die Kinder schleppten Feuerholz herbei, denn mit Sicherheit würden Tazo, Gara und die Anderen bald zurück sein.

Hoffentlich mit gutem Fang. Es galt jetzt, mehr Mäuler als sonst zu stopfen.

Tanat, ohne recht zu wissen, warum er am Stand zwischen den Booten herumgetrödelt hatte, stieß völlig überraschend auf Mira. Freudig trat er ihr entgegen und berührte mit der ausgestreckten Hand ihre Schulter. Das war normal und unverfänglich als Begrüßung.

Nicht aber, dass seine Hand lange auf Miras Schulter ruhte. Er spürte in den Fingern die Wärme ihres Körpers. Ich lasse sie nicht mehr los, dachte er. Wir bleiben einfach so stehen ...

»Wie gehrt es dir?«, fragte er.

Sie blickte ihn aus trieftraurigen Augen an.

»Schlecht ... Mich verfolgen noch immer die Bilder ... Bis in meine Träume hinein.«

»Du hast ja alles aus nächster Nähe gesehen ...«

»Ja. Vom Baum aus. Es war schrecklich.«

»Erzähl mir davon. Wenn du darüber redest, wird es vielleicht leichter für dich, die Bilder zu vergessen.«

»Ich werde sie nie mehr vergessen«, antwortete Mira mit leiser Stimme.

Es sah aus, als würde sie sich jeden Moment weinend an Tanats Schulter lehnen. Stockend berichtete sie über das Geschehen im Buschland, das Aussehen der Fremden, ihre Waffen und die seltsamen Tiere, auf denen sie saßen. Alles war grausam an ihnen auch ihre harte, knurrende Sprache mit Lauten, die sie nie zuvor gehört hatte.

»Sie sahen fürchterlich aus, diese Leute. Ihre Gesichter waren bemalt, und sie trugen Hosen aus Leder. Alles an ihnen war fremd. Wenn sie sich gegenseitig etwas zuriefen, dann klangen ihre Kehlen wie wütige Raubtiere ...«

Sie schüttelte sich und musste sich überwinden, um weitersprechen zu können.

»Als die Lanze in Ocas Rücken traf, stürzte er ohne einen Schrei zu Boden. Er muss sofort tot gewesen sein, denn die Lanze durchbohrte seinen Körper bis zur Brust ... Ich sah, wie der Reiter, der sie geworfen hatte, zu ihm ritt und sie herauszog. Ihre Spitze war blutig ... Oca aber ließen sie liegen, den Geiern zum Fraß. Nun muss er auch so den Weg zu den Ahnen finden ...«

Tanat fuhr bei ihren Worten ein kalter Schauer über den Rücken. Es war, als würde ihn plötzlich Eiseskälte anwehen.

»Und du? Was ist dir passiert?«, fragte er mit belegter Stimme.

»Nichts. Mich entdeckten sie nicht. Und Ceo war bereits ins Dickicht entkommen ... Ich ..., ich sah die Mörder abziehen. Habe auf dem Baum gewartet bis die Nacht kam und der nächste Morgen. Dann habe ich mich von Oca verabschiedet und bin zurück ins Dorf gelaufen.«

»Du bist sehr tapfer, Mira.«

»Nein, das bin ich nicht. Ich hatte furchtbare Angst. Und ich fühle mich schuldig an Ocas Tod ... Ich bin schließlich die Wächterin. Ich hätte früher warnen müssen. Dann würde er vielleicht heute noch leben.«

»Dich trifft keine Schuld«, sagte Tanat und zog sie nun doch, alle Hemmnisse überwindend, in seinen Arm. »Keinesfalls hast du Schuld an diesem Unglück. Das darfst du nicht einmal denken. Du hast alles richtig gemacht, dein Bestes gegeben. Du hast Ceo das Leben gerettet, kleines Falkenauge.«

Sie schmiegte sich an ihn. Sie spürten ihre Körper. Eine kurze Zeit, die beiden wie eine Ewigkeit vorkam. Dann löste sie sich, entwand sich seinen Armen. Sie blieb dicht vor ihm stehen und blickte prüfend in seine Augen.

»So ist es also«, stellte sie fest und ein erstes Lächeln erhellte ihr Gesicht. »Dann lass uns mal zurück ins Dorf gehen. Sonst fällt es noch auf, dass wir so lange weg waren.«

Sie gingen nebeneinander ohne zu reden. Erst am Schilfwald trennten sie sich und näherten sich, aus unterschiedlichen Richtungen dem Dorf.

Nach und nach versammelte sich alles rund um die Feuerstelle.

Wieder einmal fehlte Mola. Sie befand sich in ihrer Hütte und zudem in einer Art Ausnahmezustand. Mehrmals schon hatte sie das Ziegenknochorakel geworfen und mehr verwirrende als klärende Antworten auf ihre Fragen erhalten. Mola seufzte aus tiefstem Herzen und fühlte sich hilflos wie eine Katze, die das Wasser scheut.

»Ich kann nicht schwimmen«, flüsterte sie.

Noch nie war sie tiefer als bis zu den Knöcheln ins Meer gegangen. Wenn sie unerwartet die Spritzer einer Welle trafen, dann war sie gesprungen und hatte sich sofort aufs trockene Land gerettet.

Vielleicht blickt aber auch mein drittes Auge nicht mehr so klar wie früher ... Was sehe ich? Und was übersehe ich dabei? Sie konzentrierte sich und warf ein weiteres Mal die Ziegenknöchlein zum Orakel.

»Oh!«, rief sie erfreut.

Diesmal sah sie plötzlich eine grün bewaldete Küste, eine Bucht mit üppigem Pflanzenbewuchs. Betörender Blütenduft strömte von dort heran, bis in ihre witternden Nasenflügel hinein. Überrascht und erstaunt prüfte sie das fremdartige Aroma ...

In diesem Augenblick absoluter Verzückung wurde die Matte beiseitegeschoben und Xaca trat in gebückter Haltung ein. Er schloss die Matte hinter sich wieder und ließ Agar vor der Hütte wartend zurück.

Aus dem Inneren der Hütte klang eine Zeitlang leises Stimmengewirr. Agar konnte aber vom Inhalt der Unterredung nichts verstehen. Er wartete geduldig. Man konnte es ringsum förmlich in der Luft spüren: Alle warteten auf eine Entscheidung.

»Ihr seid zwei Stängel vom gleichen Schilf«, sagte Mola. »Das dürft ihr niemals vergessen! Seid wie ein Schwarm, bleibt zusammen, dann seid ihr stark!«

»Aber das große Wasser ...«, stotterte Xaca verwirrt, weil die Schamanin zwischendurch immer wieder das Meer und seine Tücken beschrieb.

»Schilf schwimmt oben«, brummte Mola und deutete auf die geflochtene Matte, auf der sie saß. »Und zwei Stängel halten besser als einer.«

Als Xaca endlich die Türmatte hob und in gebeugter Haltung seinen massigen Körper ans Tageslicht schob, sich in voller Größe aufrichtete, lag in seinen Augen ein überraschtes Staunen. Er hob – womit Agar nicht gerechnet hatte – die Linke zum Freundschaftsgruß. Agar erwiderte ihn instinktiv.

»Ich habe aus dem Mund der Dreiaugenfrau unglaubliche Worte vernommen«, sagte Xaca. »Sie sind von solcher Tragweite, dass ich mit dem Stamm darüber beraten muss.«

»Lass dir Zeit«, antwortete Agar. »Es dauert sowieso noch eine ganze Weile, bis das Essen fertig ist.«

Xaca rief seine Söhne und bat sie, sich mit dem Stamm abseits der Feuerstelle zu versammeln. Auch Mira die Wächterin ging dorthin. Ihre Stimme und Meinung war wichtig. Die Leute aus Xacas Dorf hockten eng zusammen und lauschten den Worten ihres Häuptlings. Er sprach wie immer ohne Hintergedanken die Wahrheit, fügte nichts hinzu und gab nur, so gut er sich daran erinnern konnte, die Aussagen der Schamanin weiter. Ein Mencey durfte nicht lügen. Xaca war sich des Ernstes der Lage bewusst. Nun musste er sich als Beschützer des Stammes beweisen ...

»Wir sollten alle Streitigkeiten, die es einmal zwischen unseren Dörfern gegeben hat, vergessen und wie ein einziger Stamm handeln«, sagte Xaca. »Lasst uns Boote bauen, wie die vom anderen Dorf es tun!«

Und er fügte die mahnenden Worte der Frau mit den drei Augen hinzu. Betonte sie so, wie er es aus ihrem Mund gehört hatte. Damit sie ihre Wirkung entfalten konnten.

Nachdem er seine Ansprache beendet hatte, herrschte zunächst ein betroffenes Schweigen. Dann kam Gemurmel auf. Alle redeten wild durcheinander.

Das kann lange dauern, dachte Agar. Inzwischen garten die ersten Fische auf heißen Steinen. Verlockende Düfte stiegen auf und verbreiteten sich rund um die Feuerstelle.

Agar versuchte, nicht an Essen zu denken, aber ihm lief das Wasser im Mund zusammen. Die Duftwolke zog mit dem Rauch auch zu Xacas Leuten. Die mussten genauso hungrig sein …

Tanat saß neben Gara. Diesmal waren die Boote nicht ihr Gesprächsstoff. Vielmehr konzentrierten sie sich auf das Geschehen in Xacas Versammlung. Sie beobachteten die Reaktionen der Leute, sahen ihre aufgeregten Gesten, spürten die Unruhe im Stamm.

Schließlich dauerte es Agar zu lange. Er konnte nicht anders. Er schnappte sich mit zwei Schilfspießchen einen Fisch vom Stein, verbrannte sich ein wenig die Finger dabei. Aber das machte nichts. Er begann mit Heißhunger zu essen.

»Da tut sich was«, flüsterte Gara und stieß Tanat in die Seite.

In diesem Moment nämlich kam plötzlich Bewegung in Xacas Lager. Der Häuptling stand auf, blickte noch einmal in die Runde und kam dann mit langsamen Schritten zur Feuerstelle.

Die anderen folgten ihm.

Agar blickte schmatzend hoch. Er wies mit einem Schilfstängel auf die gegarten Fische, die Tazo nachgelegt hatte.

»Lang zu. Heute ist genug für alle da.«

Xaca ging darauf nicht ein. Mit ernstem Blick blieb er stehen, während alle anderen sich Plätze am Feuer suchten.

»Und? Habt ihr euch entschieden?«, fragte Agar.

»Ja«, antwortete Xaca, »das haben wir.«

»Und wie?«

»Für Abora. Die gute Kraft wird uns schützen und leiten ... Wir werden nicht weiter über Land nach Süden ziehen. So lautete das Orakel: zusammen sind wir stark. Wir werden mit euch über das große Wasser reisen. Was auch immer das Schicksal mit uns vorhat – wir werden es schaffen. Abora ist mit uns.«

Das waren erstaunliche Worte aus dem Mund des Häuptlings. Auch das, was er nach einer Weile nachdenklichen Schweigens hinzufügte: »Wir sind Jäger und Sammler wie ihr. Nur, dass wir meistens anderen Fisch essen ... Unser Stamm ist wie eurer im Schilfwald geboren und aufgewachsen. Wir lieben das Schilfrohr. Und wir haben keine Angst, uns mit dem vertrauten Schilf auf das Meer hinaus zu wagen ... Wir besitzen gute Beile, Äxte und scharfe Klingen. Ringsum im Wald wächst genügend Material. Wer werden Boote bauen wie ihr ...«

12
Aufbruch

Die Tage des heißen, trockenen Sommers dehnten sich aus. Selten, dass einmal einzelne Wolken, von den Bergen im Osten kommend, hinaus auf das Meer zogen. Aber sie brachten kaum Regen. Auch der Wind schien zu schlafen, konnte sich nicht zum Herbststurm aufraffen.

»Wir liegen gut in der Zeit«, meinte Tazo der Fischmann, der eine Menge über das Wetter wusste und daher manches voraussagen konnte.

Er, Gara und Tanat leiteten nun die Arbeiten beim Bootsbau. Xacas Leute stellten sich als geschickte Handwerker heraus. Immer mehr fertige und halbfertige Boote lagen inzwischen am Strand. Agar zählte nach. Es musste sieben und nochmal sieben werden, um alle Menschen, Tiere und den Hausrat aufnehmen zu können. Eine beachtliche Zahl an Seeschlitten, eine richtige Macht, die imstande war, jedem Feind zu widerstehen.

Einige Familien schliefen bereits auf den Booten, weil ihre Hütten im Schilfwald abgebaut und auf den Seeschlitten befestigt waren. So konnte man sich schon etwas dem neuen Leben anpassen. Andere waren damit beschäftigt, ihre Behausungen zu zerlegen und genaue Pläne für den Wiederaufbau zu machen. Natürlich mussten die Frauen, Männer und Kinder sich umgewöhnen. Letzteren fiel es am leichtesten. Sie arbeiteten, spielten und tobten am Strand bis zum Einbruch der Dunkelheit und schliefen auch dort. Für sie war das alles ein großes Abenteuer mit täglich sich ändernden Bedingungen und Regeln. Manche erfanden sie selbst. Die Kinder aus Agars Stamm hatten nämlich festgestellt, dass die Kinder aus dem anderen Dorf gar nicht so übel waren. Einige von ihnen kannten sich ohnehin noch vom Fest des Ringkampfes im vergangenen Jahr. Wie lange das schon zurücklag!

Aber nun hatte sich das Leben schlagartig verändert. Freundschaften wurden vertieft, neue entstanden und mit ihnen auch neue Spiele und Wettkämpfe. Ringen und Speerwerfen. Der Steinwurf. Das Fechten mit Schilfstangen mit besonderen Regeln: Man durfte die Schläge nur in der Luft ausführen, ohne den Gegner oder die Gegnerin zu treffen. Das bedeutete, dass man geschickte Bewegungen machen musste und rechtzeitig ausweichen.

Gara traf sich des öfteren unter einem Vorwand mit Grea die mit den Augen lächelt, und Tanat mit Mira der Wächterin. Weil nun jeder und jede in den Stämmen mit sich selbst genug zu tun hatte, um die anliegende Arbeit zu schaffen und fortwährend eine neue Ordnung zu finden, achtete niemand mehr so genau auf die Sitten. Natürlich merkte es Greas Mutter Cia dennoch. Mütter spüren einfach alles. Aber sie schwieg wohlwollend und mit guten Gedanken.

Es bedeutete auch keinen Bruch in der Freundschaft zwischen Tanat und Gara. Im Gegenteil – sie verfestigte sich. Sie vertrauten sich nun Dinge an, über die sie früher nie zu sprechen gewagt hätten.

»Es ist gut, dass wir zusammenbleiben«, stellte Gara fest.

Tanat nickte. Ja, so war es gut. Er konnte ungehindert mit Mira sprechen, in zärtlicher Nähe mit ihr sein, ohne auf ein nächstes Treffen beim Fest des Ringkampfs warten zu müssen ... Außerdem war Vollmond längt vorbei. Die Nächte wurden dunkler. Bald würde das Wetter wechseln. Bis dahin gab es noch vieles zu tun. Sie mussten mit den Bootsbau fertig sein, bevor die Herbststürme kamen ...

Es gab reichlich zu essen. Tazo der Fischmann konnte alle mit frischem Fang versorgen, weil viele dabei mithalfen. Vor allem das Meer. Es meinte es diesmal besonders gut mit den Menschen der Küste. Es war die Zeit der Schwärme nach Süden.

Ob die Fische das gleiche fühlen wie wir? grübelte er. Warum ziehen sie stets in dieselbe Richtung? Und manche, die größeren kommen erst noch ... Wenn alles ähnlich ist, unter und über dem Wasser, wenn alle Kräfte im Einklang sind, dann muss es doch leicht sein, den richtigen Zeitpunkt zu finden ... Ich spüre ihn kommen. Es ist bald soweit. Bis dahin müssen wir es schaffen ...

Ula, die Lautstarke, Agars Frau, dachte: Gut, dass die Anderen keine Tiere mitgebracht haben. So können wir die Ziegen gut auf die Boote verteilen. Besser, wir nehmen zu viele von ihnen mit, als zu wenig. Die Hunde und Schweine ja sowieso ... Ich frage mich nur, ob die Beutel mit Trinkwasser für die Reise reichen werden. Und was sollen wir überhaupt unterwegs essen? Wir sollten lieber kein Feuer auf den Booten machen, das würde viel zu leicht brennen ... Das bedeutet also: Die Reise darf nicht zu lange andauern. Irgendwo müssen wir wieder an Land. Eine Feuerstelle anlegen und Essbares finden ... Vielleicht sollten wir eine größere Menge an Fisch haltbar machen, indem wir sie räuchern ...Und Samen und Setzlinge von essbaren Pflanzen und Kräutern brauchen wir auch, damit wir sie in der neuen Heimat anbauen können. Gut, dass Bea die kleine Blume und ihre Schwester Nada so reichlich davon gesammelt haben ...

Ulas Herz klopfte bis zum Hals, wenn sie sich ausmalte, was unterwegs alles passieren konnte. Aber sie war eine mutige Frau. Sie glaubte fest an Abora. Das gab ihr Kraft und Zuversicht. Genau das brauchte der Stamm jetzt, brauchten alle ...

Texo, Teno und Lobo, die drei Söhne von Xaca, mussten des öfteren von Agar in ihrem Tun gebremst werden, denn sie wetteiferten darin, wer den größten Seeschlitten bauen konnte.

»Weniger ist oft mehr«, sagte Agar. »Je kleiner sie sind, desto wendiger werden sie sich im Wasser bewegen.«

Xaca stimmte ihm zu ... Allerdings aus einem anderen Grund. Er sah, dass Agars Leute mit dem Bau ihrer Boote weit fortgeschritten waren. Sein Stamm hinkte deutlich hinterher. Was, wenn die Anderen einfach lossegeln und sie mit halb fertigen Booten zurücklassen würden? Nein, soweit durfte es nicht kommen! Wenn das Orakel der Dreiaugenfrau stimmte, dann mussten sie gemeinsam mit allen vierzehn Seeschlitten aufbrechen ...

Xaca der ein geborener Sportler war, fasste die Arbeiten am Stand mittlerweile als eine Art Wettkampf auf. Wo es doch schon kein Ringkampffest gab. Auf jeden Fall war es eine große Herausforderung.

»Jetzt ist Schluss!«, wies er seine Söhne zurecht. »Ich will keinen schwimmenden Palast, sondern ein stabiles, seefestes Boot. Genau wie das hier. So machen wir auch die anderen.«

Texo, Teno und Lobo fügten sich widerstrebend. Im Grunde hatte der Alte ja Recht. Und wie standen sie da vor Cuperche, Gara und Tanat, die bereits neues Material für den nächsten Seeschlitten heranschleppten? Also griffen sie wortlos ihre Messer und Beile und zogen in den Schilfwald.

Chio der Läufer musste inzwischen weite Wege in das östliche Buschland wagen, um feste Pflanzenfasern für die Seile zu finden. Da sie größere Mengen davon brauchten, nahm er alle mit, die sich freiwillig für die gefährliche Aufgabe meldeten. Der Trupp war mit Speeren bewaffnet und Mira die Wächterin ging mit ihnen, um das Vorhaben zu sichern. Sie bewegte sich äußerst geschickt durch das fremde Gelände, besser als viele Männer. Kein Hügel war ihr zu steil, kein Baum zu hoch, um ihn zu erklimmen. Sie erkannte sofort, wo der beste Platz zum Spähen war.

Insgeheim aber bebte etwas in ihr, ein unangenehmes Gefühl, das nicht weichen wollte. Sie musste immer noch an den Überfall denken. An die grausamen Details: diese harten, bellenden Stimmen, wenn sie Kommandos riefen. Diese seltsamen langbeinigen Tiere, die Schaum von den Nüstern bliesen, die Schnauzen hochwarfen und Laute von sich gaben, die eine Mischung waren aus grollendem Brüllen und schrillem Kreischen … Immer wieder tauchte in ihrer Erinnerung die verzerrte Fratze des fremden Reiters auf, der seine Lanze aus Orcas Körper riss. Sie war nicht wie die der Küstenbewohner aus Schilf, sondern aus hartem Holz. Und die Spitze bestand nicht aus Knochen oder Stein. Sie war aus einem unbekannten, glänzenden Material. Was mochte das sein?

Mira befand sich auf einer kleinen Anhöhe, von der aus man gut die Umgebung überblicken konnte. Sie kniff die Augen zusammen und spähte mit dem scharfen Blick einer Falkin bis zum Horizont. Ihre Sinne waren hellwach, ihre Nerven angespannt. Sie wusste, wie schnell die Fremden auf ihren Tieren unterwegs sein konnten. Wenn sie auftauchten, kamen sie rasch wie der Wind. Und dann war es eigentlich schon zu spät …

Zum Glück geschah an diesem und an den folgenden Tagen nichts dergleichen. Die Ausbeute, die Chio mit seinen Leuten an den Stand brachte, war erheblich. Und das brauchten sie auch, damit der kleine Como und die anderen Kinder genügend Faserstränge besaßen, um Stricke und Seile flechten zu können. Auch aus dieser Tätigkeit gestalteten sie eine Art Wettkampf. Dabei wurde viel erzählt und gelacht. Chio der Läufer strahlte bei diesem Anblick über das ganze Gesicht.

Allmählich begann sich das Wetter zu ändern. An manchen Tagen und Nächten zogen dunkle Wolken über die Küste und regneten ergiebig ab. Aber das störte nicht weiter. Im Schilfwald war man geschützt und Regen hatte die Menschen hier noch nie aufgeregt. Entweder arbeitete man einfach weiter oder verkroch sich unter einem schützenden Dach, bis der Wolkenbruch vorbei war. Ohnehin war das meistens rasch der Fall. Der Wind aus Nordosten probierte seine Kraft nur kurz aus und erschöpfte sich dann. Er war nur die Vorhut. Die starken Stürme würden erst noch kommen.

    Jeden Morgen blickte Tazo prüfend zum Himmel, um die weitere Entwicklung abzuschätzen. Wir müssen den besten Tag für den Aufbruch finden, dachte er. Nicht zu früh und nicht zu spät. Mit dem Wind und der Meeresströmung im Einklang … An die fremden Reiter, die permanente Bedrohung, dachte er keinen Moment. Seine Sinne waren ausschließlich auf das große Wasser gerichtet, auf die Wolken, die genau anzeigten, aus welcher Richtung der Wind blies. Zum Glück waren seine Frau Cia und die beiden Töchter Grea und Mela vom gleichen Holz wie er geschnitzt. Sogar schon ihr kleiner Sohn, der noch keinen richtigen Namen besaß.

    Je mehr Hütten verschwanden und auf den Seeschlitten wiederaufgebaut wurden, desto mehr verlagerte sich das Leben vom Schilfwald an den Strand und zur Baustelle. Nur die alte Feuerstelle blieb, was einfacher zu handhaben war und eine gute Möglichkeit bot, sich abends zum gemeinsamen Essen und zum Gespräch zu versammeln. Jeder spürte es, es lag wie ein heranziehendes Gewitter in der Luft: Es würde nicht mehr allzu lange dauern bis zum Aufbruch …

13
Die Bucht

Der Aufbruch begann in frühester Morgenstunde. Tazo der Fischmann hatte den Wind gelesen. Die Oberfläche des Meeres beobachtet. Die Strömung. Die sanften, glitzernden Wellen, die ohne Gischt, ohne Aufregung nach Süden trieben. Dies war der Tag.

Die Seeschlitten waren bereits am Vortag mit Vorräten beladen worden. Nun galt es, die Tiere auf die Boote zu bringen. Mit den Schweinen gelang das noch am einfachsten. Atog, der als guter Ringer die richtigen Griffe kannte, packte die schwarzen, schrill quiekenden, um sich beißenden Viecher, trug sie zum Boot und hievte sie in die Hütte. Seine Frau Buca und der Echey übernahmen dann das weitere, indem sie die Tiere in ein Schilfgatter sperrten. So ging es mit der Sau, dem Eber und zuletzt mit den drei winzigen Ferkeln.

Die Ziegen dagegen stellten sich störrisch an, jedenfalls die meisten von ihnen, sie zerrten am Halsstrick und meckerten erbärmlich mit verängstigten Schreien. Agar, Gara und Ula gingen mit ihnen genauso um, wie es mit den Schweinen passiert war: Die Tiere wurden gepackt, einer hielt sie fest, Ula, die erstaunliche Kräfte besaß, hob sie an Bord. Die Hütten gehörten nun ihnen, wurden zu Ställen.

Echte Probleme verursachte dagegen der Bock. Agar wollte ihn anheben, obwohl die Umstehenden ihm davon abrieten, aber es gelang trotz mehrerer Versuche nicht. Das langzottelige Biest stellte sich stur, stemmte sich gegen und ließ es auf eine Kraftprobe mit Agar ankommen. Es wurde ein Wettkampf mit ungleichen Mitteln.

»Los, pack mit an!«, brüllte Agar seinem Sohn zu.

Gara griff nun auf der anderen Seite ein. Zusammen schafften sie es endlich, das mit den Hufen um sich tretende Tier auf das Schilfboot zu bringen. Dort tobte der Bock in der Hütte weiter. Sie mussten ihn niederringen und auf den Boden zwingen. Agar lag auf ihm und band seinen Hals am Mast fest. Ula schnürte die Beine zusammen. Das Tier schwitzte vor Aufregung und stank noch übler als sonst. Und seine gelben Augen mit den geschlitzten Pupillen wirkten irgendwie wahnsinnig. Agar beschloss, während der Fahrt über das große Wasser bei ihm zu bleiben und ihn durch seine Nähe und gutes Zureden zu beruhigen. Ula und Gara würden das Segel übernehmen und das Steuern mit den hölzernen Seitenschwertern.

Mit den Hunden war es einfacher. Sie ließen sich von Tanat leicht auf den Seeschlitten bringen. Sie legten sich in der Hütte bei der Ziege ab, als sei es das Selbstverständlichste der Welt, und zeigten keinerlei Aufregung, nachdem sie alles beschnuppert hatten. Sie wollten beim Rudel bleiben.

Zuletzt brachte Tanat die Medizinfrau aufs Boot. Er hob die kleine Frau, die so gut wie nichts wog, auf und trug sie in seinen Armen durchs Wasser, wie er es versprochen hatte. Behutsam setzte er sie zu der Ziege und den beiden Hunden. Mola öffnete kurz die Augen, plapperte etwas Unverständliches und suchte sich eine Mulde im Schilfgras zum Schlafen. Tanat würde allein den

Seeschlitten steuern. Ihm war bewusst, dass dies womöglich eine Menge Arbeit für ihn bedeuten würde. Und Verantwortung. Ein Mann allein. Aber er würde es schaffen. Da war er sich sicher.

Auch Xacas Stamm war bereit zum Aufbruch. Nach und nach wurden die Boote ins Wasser geschoben. Man schwamm um sie herum und zog sie vom Ufer weg. Alle befanden sich nun auf dem großen Wasser, die Frauen und Männer, die Kinder, die Tiere.

Am Abend zuvor hatte Tazo der Fischmann ihnen erklärt, wie sie sich am besten verhalten sollten:

»Alle Boote dicht beieinander, damit wir uns zurufen können. So nah, wie möglich. Wir bilden einen Schwarm.«

Ganz vorn würde Tazo mit seiner Familie segeln. Dahinter die Boote von Agar und Echentive, Atog und Cuperche und zuletzt Tanat und Chio. Hinter Tanats Boot fuhr Xaca mit Cara und Mira, neben ihm die drei Söhne. Danach folgten die Boote des anderen Stamms.

»Wir bleiben zusammen wie ein Fischschwarm«, hatte Tazo gesagt. »Wir lassen uns treiben. Immer dicht an der Küste entlang. Jedes Boot hält den gleichen Abstand. Die Segel bleiben zusammengerollt. Erst ablassen, wenn ich rufe.«

Tazos Überlegungen schienen richtig zu sein. Sein Plan ging auf. Bei mäßiger Strömung setzten sie sich in Bewegung, ließen sich treiben. Erst als Tazo das Kommando gab und es von Boot zu Boot weitergegeben wurde, ließ man die Schilfmattensegel herab, damit der Wind hineingreifen konnte.

Nun nahm der Schwarm allmählich Fahrt auf. Aber keineswegs in beunruhigendem Tempo, sondern eher mit einer sich langsam und harmonisch steigernden Geschwindigkeit. So glitten die Seeschlitten über das Meer. Die Seitenschwerter waren hochgezogen und bildeten so keinen Widerstand im Wasser. Das war auch nicht erforderlich. Die Strömung nahm die Boote auf eine erstaunliche Weise mit, als seien sie leichtes Treibholz. Mehr noch: das Schilf schien über das Wasser zu schweben, es ritt das Meer, wie selbst die kleinsten Bündel zum Wellenreiten es schon taten. Die Fracht an Bord, die Hütten, das Gewicht der Menschen und Tiere verstärkten diese Eigenschaft noch.

Tazo, der in vorderster Position segelte, durchströmte ein bisher nie gekanntes Glücksgefühl. Seine Träume, seine Sehnsucht wurden Wirklichkeit! Seine Frau Cia und ihre Tochter Grea, die mit den Augen lächelt, lachten in den Wind. Die jüngere Mela saß mit dem kleinen Bruder ohne Namen bei der Ziege und streichelte das verängstigte Tier.

Natürlich war das dauernde Schwanken ungewohnt, die ständige Nässe, die ins Gesicht blies, die Tatsache, dass in gewissen Abständen Wasser über das Deck spülte. Aber es floss sofort wieder ab. Es war nicht gefährlich. Es gehörte dazu. Sie konnten dem Schilf vertrauen. Und Abora. Cia war nicht besonders gläubig aber jetzt dachte sie ständig an Abora. Die gute Macht war mit auf ihrer Reise. Das hatte Mola gesagt. Und was Mola sagte, stimmte immer ...

Während der Fahrt behielten sie ständig die Küste im Auge, die wild und unbewohnt wirkte. Als die Mittagssonne bereits hochstand, entdeckte Tazo eine Bucht. Sie war langgezogen, besaß einen Sandstrand und war von einem grünen Gürtel aus Büschen und Bäumen umwachsen. Das wichtigste daran war: Sie lag hinter dem Buckel einer kleinen Insel geschützt im Schatten des Windes.

Nun galt es, die Segel einzurollen und die Seitenschwerter einzusetzen. Tazo brüllte so laut seine Kommandos, dass sie selbst auf den hinteren Booten noch zu hören waren. Behutsam entkamen sie der Strömung und näherten sich dem Strand. Es gab kaum Brandungswellen. Tazo hielt es nach kurzer Absprache für besser, dass vorerst nur wenige von ihnen eine Erkundung wagen sollten. Er, Xacas Söhne Texo, Teno und Lobo sowie Mira die Wächterin. Die Seeschlitten sollten im Wasser bleiben. Dicht am Ufer, so dass sie nur eine kurze Strecke schwimmen mussten.

Tanat sah, wie sie ins Meer sprangen und kurz darauf die Uferböschung erklommen. Sie berieten sich kurz. Dann lief Mira in Richtung des grünen Dickichts, während Texo, und Teno sich nach links und Tazo und Lobo nach rechts bewegten.

Sie ist mutig, diese Mira dachte Tanat. Unerschrocken geht sie auf die grüne Wand zu, ohne zu wissen was sich dahinter verbirgt ...

Tazo fand nirgends Spuren von Menschen. Nur die Abdrücke von Seevogelkrallen im Sand. Über Steinen zerhackte Muschelschalen. Ein großer Haufen sogar. Ein Fressplatz. Konnte das wirklich nur von Möwen stammen?

Plötzlich ertönte der schrille Warnruf eines Falken. Mira. Tazo, der gerade weiter auf eine geröllbedeckte Felshalde zu strebte, blieb wie angewurzelt stehen. Etwas stimmte nicht. Dann das Geräusch von herabpolternden Steinen. Was hatte sie am Hang gelöst? Danach Stille. Tazo spähte mit zusammengekniffenen Augen. Er sah von oben aus der Felswand einen Stein heranfliegen. Einen geworfenen Stein. Und sehr gezielt. Er traf genau auf das lose liegende Geröll und löste eine Lawine aus, die herabdonnerte.

Tazo drehte sich auf der Stelle um und rannte los. »Zurück zu den Booten!«, brüllte er Lobo zu, der sofort verstand was gemeint war.

Wenn der bedächtige Tazo so losrannte, dann musste es ernst sein … Sie sahen Texo und Teno ebenfalls in hastigem Lauf unterwegs. Sie begegneten sich.

»Da sind Fremde im Wald!«, rief Texo.

»Sie werfen Steine nach uns!«, ergänzte Teno hastig atmend.

»Wo ist Mira?«, fragte Lobo.

Die Wächterin war nicht zu sehen.

Aber Tanat erblickte sie, als er aufrecht und mit klopfendem Herzen am Mast stand und aufs Land starrte. Ganz plötzlich tauchte sie aus dem Grün auf. An einer Stelle, wo er sie nicht vermutet hatte. Sie rannte in geduckter Haltung und im Zickzacklauf wie eine Häsin auf der Flucht. Und das war sie auch.

»Es sind Männer im Wald!«, keuchte sie, als sie die Gruppe erreichte. »Alle bewaffnet und zum Angriff bereit. Sie betrachteten uns als Eindringlinge.«

»Sofort zurück zu den Booten!«, entschied Tazo. »Alle Seitenruder einziehen und Segel setzen!«

Sie rannten zum Meer, sprangen ins Wasser und schwammen rasch zu den Seeschlitten. Nun musste alles sehr schnell gehen. Sie waren kaum einen Steinwurf weit vom Ufer entfernt, als dort abschreckend hässliche Gestalten auftauchten. Sie traten aus dem Waldrand. Die Körper der gespenstischen Wesen waren mit Linien und Punkten aus weißer Farbe bemalt, so dass sie aussahen wie Skelette. Sie hoben ihre Holzlanzen und klopften sie rhythmisch gegen die runden Schilde, die wohl ebenfalls aus Holz oder mit Leder bespannt waren. Dieses Geräusch war fürchterlich, zumal es beständig an Stärke zunahm und die weißen Totengeister mit hohen, schrillen Stimmen ein Geschrei anstimmten, das wie das Kreischen von Seemöwen klang. Ein ganzer Schwarm in Aufruhr. Ein Schrei, der sie vereinte.

Das Ablegen vom Strand gelang nicht so schnell, wie Tazo es sich wünschte. Sie mussten kräftig arbeiten, mit dem Armen rudernd nachhelfen, um erneut in den Wind und die Strömung zu kommen. Als sie endlich die Kraft des großen Wassers erreichtem, blickten sie zurück auf die bemalten Krieger am Strand. Sie schwenkten drohend ihre Waffen und schleuderten Steine in Richtung der Boote. Zu Glück wurde niemand getroffen. Dazu ertönte als Abschiedsgesang noch immer ihr schrilles Gekreisch aus Raubmöwenkehlen.

Es dauerte eine Weile, bis die Boote im gleichen Abstand lagen und in derselben Formation. Als Schwarm. Sie trieben nun vorsichtig die Küste weiter entlang. Aber sie fanden keine vergleichbare Bucht mehr, oder zumindest eine windstille Lage zum Anlanden.

Die Sonne wanderte nach Westen und schickte gleißendes Licht über den Silberspiegel des Meeres. Da entdeckten sie, nachdem sie ein paar kleinere Felsnasen umsegelt hatten, eine mit weißem Sand bedeckte Landzunge. Sie steuerten sie mit den Seitenschwertern an. Alle Boote blieben in sicherem Abstand zum Ufer.

Tazo der Fischmann machte sich bereit.

»Sei vorsichtig«, sagte Cia seine Frau und legte die rechte Hand auf seine Schulter. Dort ruhte sie mehrere Herzschläge lang. Ein Zeichen großer Liebe. Tazo winkte kurz seiner Tochter Grea zu. Sie hatte das letzte Stück um die Felsinseln herum geschickt das Boot gesteuert. Ihre Augen lächelten nicht. Sie strahlten wie Sonnen.

Tazo sprang von Bord und schwamm mit gleichmäßigen, kräftigen Stößen an Land. Diesmal folgte ihm Gara. Die beiden erreichten die Landzunge, kletterten über Steine hinauf zum weißen Sand und blieben plötzlich wie angewurzelt stehen. Von den Booten aus war nicht zu erkennen, warum.

»Was ist?«, brüllte Agar.

Aber er war viel zu weit weg. Sie konnten ihn nicht hören.

Tazo und Gara waren über den warmen Sand gestapft, als der Fischmann abrupt innehielt.

»Was spürst du, der das Meer riecht?«, fragte er den Jungen.

»Gefahr«, antwortete Gara. »Es ist viel zu ruhig. Kein Vogel singt.«

Sie kontrollierten mit Blicken den Waldrand, die Felsen im Umkreis. Nichts. Alles sah unberührt aus. In diesem Moment schwirrte etwas mit dem Geräusch eines herannahenden Insekts durch die Luft und blieb vor Tazos Füßen im Sand stecken. Ein gefiederter Pfeil. Die erste Warnung.

Die beiden zögerten keinen Atemzug lang. Sie begriffen blitzschnell, drehten auf der Stelle um und rannten zurück zum Meer.

Die Menschen auf den Seeschlitten sahen, wie Tazo und Gara hastig ins Wasser sprangen und zu den Booten geschwommen kamen. Und sie brauchten nicht lange zu überlegen, warum. Zum zweiten Mal an diesem Tag mussten sie sich aus einer ruhigen Bucht hinaus in die Strömung des großen Wassers begeben.

»Die Sonne geht unter. Sie wandert langsam ins Meer«, sagte Cia.

Es sollte kein Vorwurf sein, nur eine Feststellung.

»Wie sollen wir in der Dunkelheit noch das Ufer erkennen?«, fragte Grea.

Tazo deutete mit dem ausgestreckten Arm zum Himmel.

»Die Lagerfeuer der Ahnen werden uns den Weg zeigen«, antwortete er. Tazo hatte viel von der Frau mit den drei Augen gelernt. »Wir lassen uns einfach weiter nach Süden treiben.«

Danach sprach keiner von ihnen mehr. So glitten sie durch die Dämmerung des Abends in die Nacht.

Der ganze Schwarm.

14
Tanats Traum

Auf den anderen Booten konnten sich die Leute bei der Arbeit abwechseln, Nachtwache halten. Bei Tanat ging das nicht. Er war allein verantwortlich. Er kämpfte gegen die aufkommende Müdigkeit an. Mola schlief selig in der Hütte bei den Hunden und der Ziege, die inzwischen ihr nutzloses Meckern aufgegeben hatte. Zum Glück war niemand bisher seekrank geworden.

Tanat wünschte sich, dass Mira neben ihm säße. Wie gut würde es sein, ihre Nähe zu spüren, ihre Stimme zu hören. Sich bei der Handhabung des Seeschlittens abzuwechseln. Gegenseitig aufeinander aufpassen ... Sie fuhr direkt hinter ihm. In Xacas Boot. Er brauchte sich nur nach ihr umdrehen. Aber das wäre sinnlos gewesen. Die Dunkelheit der Nacht verschluckte alle Konturen. Nur die Gewissheit, dass sie ihm so nah war, schenkte ihm ein gutes Gefühl.

Die Bewegung im Meer war ein gleichmäßiges Schwanken geworden, ein einschläferndes Schaukeln. Er glaubte, nicht mehr über das Wasser zu gleiten, sondern zu fliegen. So müde fühlte er sich. Und Traumbilder sprangen ihn an. Er meinte im Wind Stimmen zu hören. Wahrscheinlich war das Mola, die in ihrer Fantasiesprache sang ...

Er fühlte sich plötzlich zurückversetzt in jene Nacht der Einweihung. Saß mit Gara und Mola am Lagerfeuer.

Erlebte all das Seltsame, das in den Bergen geschah, noch einmal. Als wiederholte sich sein Leben ...

Doch diesmal war er der Beobachter. Er sah sich selbst. Einen Bergrücken bis zu seinem Gipfel besteigen. Den Felsenpunkt finden, von dem aus man weit über das Land blicken konnte. Erstes Morgenlicht brach durch die Wolken. Er breitete die Arme aus und verwandelte sich in einen Adler. Mit aufsteigendem Luftstrom trieb er hoch in den Himmel. Seine Schwingen spielten mit dem Wind. Er spürte es bis in jede einzelne Federspitze hinein. Der Wind hob ihn in weit ausladende Spiralbahnen. Erspürte die Wärme der Sonne, und die Welt unter ihm wurde reich an Details: Er sah weit zerklüftete Berge, tiefe Täler und die Schatten im Faltenwurf ihrer Ränder, Wasserläufe und sattgrüne Wälder. Er sah eine bizarr geformte Landschaft aus schwarzem Gestein, die unglaubliche Schönheit der Wildnis. Er sah Singvögel, Eidechsen und anderen kleines Getier. Aber er sah keine Menschen ...

Er flog über die Küste, segelte an ihr entlang und stellte fest, dass unter ihm eine Insel lag, mitten im weiten Meer, denn er kam irgendwann wieder am Ausgangspunkt seiner langen Reise an. Er war müde vom Flug und wollte sich ausruhen. Dieser Felsbuckel war genau das richtige dafür. Er landete auf ihm, streckte die Flügel seitwärts aus und ließ alle Muskeln und Sehnen entspannen. So hockte er und betrachtete die Umgebung. Gab es hier Beute, etwas zu essen?

Tanats Magen kollerte. Sein Mund und seine Lippen waren trocken. Er schreckte hoch und tastete seitwärts nach dem Wassersack. Trank zwei, drei Schluck. Dann zerkaute er ein Stück hartes Fladenbrot.

Ich muss nach Mola und den Tieren sehen, dachte er. Aber er kam nicht dazu, das Vorhaben auszuführen. Er blieb, nahe am erneuten Einschlafen, hocken und dämmerte vor sich hin. Diesmal ohne Traumbilder. Er hörte das gleichmäßige Rauschen des Meeres. Und das Flüstern im Wind. Er lehnte sich an den Mastbaum und umklammerte ihn mit einem Arm. Als er den Kopf hob, sah er unzählige Lichter am Himmel. Die Lagerfeuer der Ahnen. Sie befanden sich alle an ihrem Platz, aber schienen zu tanzen. Nur manche von ihnen sprangen mitunter zur Seite und rasten durch die Dunkelheit. Wieso das so war, wusste Tanat nicht. Er stellte sich vor, dass es Ahnen waren, die es sehr eilig hatten, einen neuen Lagerplatz zu finden. Aber warum?

15
Über das große Wasser

Am frühen Morgen starrten alle suchend aufs Meer. Aber da war nichts zu entdecken außer Wasser. Kein Küstenstreifen, kein Land, keine Insel. Aber die Sonne stieg im Osten aus dem Meer hoch. Wie konnte das sein? Wo war das Festland geblieben? Zweifel und Sorge kamen auf. Zweifel am Gelingen des Unternehmens und Sorge um die Zukunft ...

Nur bei Tazo dem Fischmann nicht. Auch er war anfangs verwirrt. Nie zuvor war morgens die Sonne aus dem Meer gestiegen ... Aber er sah auch etwas, das die Anderen lange nicht wahrnahmen: dunkle Schatten in der silbrig glänzenden Weite. Schwarze Steifen vor dem Bug des Seeschlittens. Rund gewölbte Rückenflossen. Körper, die mitunter aus dem Wasser sprangen und ein Stück mit den Wellen glitten. Delfine. Die Wellenreiter des großen Wassers. Mit solchen Tieren verband Tazo eine ganz besondere Beziehung. Mitunter fühlte er sich wie sie. Er sprach mit ihnen.

Dieser Schwarm jetzt spielte eindeutig mit den Seeschlitten, eilte voraus, ließ sich zurückfallen, um von der Seite aus die seltsamen Fahrzeuge mit ihren Insassen begutachten zu können. Grea die mit den Augen lächelt war von der Nähe der flinken Tiere verzaubert. Sie kniete sich über den Rand des Bootes und hielt ihre Hand ins Wasser. Kann man Delfine streicheln? Natürlich kann man das, denn sie sind von Natur aus zärtliche

Tiere. Grea erlebte es zum ersten Mal an diesem Morgen. Sie spürte den glatten Rücken, ein sanftes Gleiten unter ihrer Hand hindurch. Dann tauchte es ab und Grea versuchte, sich den Weg unter der Wasseroberfläche vorzustellen und die Stelle zu finden, wo der Freund wiederauftauchen würde.

Die Delfine verhalten sich wie immer, dachte Tazo. Kein bisschen beunruhigt. Sie schwimmen voraus. Folgen einem unsichtbaren Weg. Und wir folgen jetzt ihnen ...

Tazos Zuversicht wirkte ansteckend auf Cia und Grea. Und damit auch für alle anderen Boote. Jeder sah, dass der Fischmann das Segel unverändert im Wind ließ, dass sie leicht und schnell über das große Wasser glitten, dass es weder Sturm gab noch größere Wellen. Wie ein einziger Schwarm segelten die Boote dicht an dicht in geschlossener Formation über das Meer.

Gegen Mittag brannte die senkrecht stehende Sonne unbarmherzig auf der nackten Haut. Das Meer glitzerte und spiegelte, als tanzten winzige Feuer darauf. Man musste die Augen zusammenkneifen und eine Hand schirmend an die Stirn legen, um überhaupt noch etwas erkennen zu können.

Cias Lippen waren mit einer Salzkruste überzogen. Ihre Haut auch, von der ständigen Gischt. Sie hatte sich nie vorstellen können, wie endlos das große Wasser war. Jetzt wusste sie es. Es gab nur das Meer, und das war riesig. Sie aber waren klein wie Schaumflocken darauf. So unbedeutend ... Sie dachte intensiv an Abora, dankte für ihr bisheriges Leben, das ihr gut und richtig erschien, und bat die unsichtbare Macht um Beistand für das Künftige am Ende ihrer Reise.

Grea kaute lange auf einem Stück getrockneten Fisch herum, speichelte ihn ein und erzeugte so eine wohlschmeckende Brühe in ihrem Mund. Die Nahrungsmittel mussten überlegt eingeteilt werden. Der Vorrat an Trinkwasser ebenso. Wer weiß, wie lange sie noch auf dem großen Wasser ausharren mussten ...

Grea starrte in eine endlose Weite, die mit dem Himmel verschwamm. Allmählich verlor sie jegliches Zeitgefühl. An den Mast gelehnt, dämmerte sie in einer Art Halbschlaf dahin, in dem Gara eine Rolle spielte, Gara der das Meer riecht ... Sie sah die Sonne nach Westen wandern. Orangerot färbte sie bei ihrem Versinken dass Wasser. Es sah aus, als würde ein Glutball noch einmal kurz die Dunstwolken entzünden, bevor er erlosch. Schlagartig setzte die Dunkelheit ein.

Tanat hatte seinen Platz verlassen, war zur Hütte gekrochen und hatte Mola und die Tiere versorgt. Die Medizinfrau wies das Essen zurück. Sie trank lediglich ein paar Schluck aus dem Ziegenlederbeutel. Es war erstaunlich, wie zäh die Alte war! Tanat wunderte sich immer wieder aufs Neue darüber. Dass sie selten sprach – daran war er ja gewöhnt ... Nur die Hündin machte ihm Sorgen. Das Tier lag apathisch am Boden und hechelte schwer. Als Tanat ihr einen Brocken vom Trockenfisch gab, nahm sie es dankbar entgegen und leckte ihm die Hand. »Es wird alles gut«, sagte er, mehr um sich selber Mut zuzusprechen. Er kletterte wieder nach vorn auf seinen Posten und überprüfte die Seile. Der Wind hatte an Stärke zugenommen und blähte die Segel. Das Meer war jetzt so schwarz wie der Himmel. Die Konturen der anderen Boote, das von Chio nebenan, das von Atog vor ihm und Xacas Boot hinter ihm, waren kaum noch zu erkennen. Und auf Xacas Seeschlitten war Mira ... Sein Herz begann schneller zu klopfen, wenn er an sie dachte.

»Como kommt!«, hallte der Ruf von Cuperche, und Chio der Läufer gab die Nachricht weiter: »Como kommt!«

Tatsächlich sah Tanat, dass sich von Cuperches Boot aus eine Gestalt löste und auf den dahinter treibenden Seeschlitten von Chio sprang. Ein tollkühner Sprung über das offene Meer.

War er verrückt?

Tanat stockte einen Moment lang der Atem, denn es sah aus, als geriete der Sprung zu kurz und Como würde im Meer versinken. Aber der kleine Kerl schaffte es bis zum Rand des Schilfbündels, packte mit beiden Armen zu und zog sich hoch. Eine erstaunliche Leistung, fand Tanat. Er hätte sich einen solchen Sprung über das schwankende, große Wasser nicht so leicht zugetraut. Seit Garas Unfall empfand er einen enormen Respekt vor dem Meer.

Chio der Läufer und seine Frau Mara setzten die Seitenschwerter ein, bis sie dicht an Tanats Boot lagen und der kleine Como von ihm aufs Schilfbündel gezogen werden konnte.

»Ein guter Sprung!«, sagte Tanat zur Begrüßung.

»Meine Eltern haben mich geschickt«, keuchte der kleine Como.

»Wir sind genug auf unserem Boot. Aber du bist allein. Die Dreiaugenfrau wird dir keine große Hilfe sein.«

»Das stimmt. Mola schläft in der Hütte, die fühlt sich schwach.«

»Und ich bin stark«, prahlte der kleine Como. »Ich werde die nächste Wache übernehmen, damit du dich ein bisschen ausruhen kannst.«

»Ich bin hellwach.«

»Glaube ich nicht«, widersprach Como keck. »Deine Augen fallen ja fast schon zu.«

Tanat schüttelte den Kopf und tat so, als sei er frisch und ausgeruht. Aber das war er nicht. Ganz im Gegenteil: Die Müdigkeit, gegen die er angekämpft hatte, steckte tief in seinen Knochen. Der kleine Como holte eine kurze Rohrflöte aus dem Beutel, der an seinem Gürtel befestigt war und begann verschiedene Töne zu blasen. Seine Finger wanderten über die Löcher im Rohr, aber die Klänge, die er hervorbrachte, waren nicht so schön und melodisch wie die von Grea die mit den Augen lächelt. Eher schrill und ungeordnet. Es dauerte eine Weile, bis er zu einer einigermaßen erträglichen Tonfolge fand. Aber da war Tanat bereits eingeschlafen. Tief und traumlos.

Am nächsten Tag lastete träge ein gelblicher, milchiger Schleier über dem Meer und ließ die Konturen verschwimmen. Der Nebel schien alle Laute zu schlucken. Es war ungewöhnlich still über dem großen Wasser. Eine lähmende Ruhe. Ohnehin gab es wenig zu tun, denn sie trieben nun mit aufgerolltem Segel und hochgezogenen Seitenschwertern dahin. Der Wind blies flau und wenn, dann mit einer warmen Brise. Er trug Sand mit sich. Man konnte ihn im Mund und in den Augen spüren. Heiß war es nicht, denn die Sonne schaffte es selten, den diesigen Dunst zu durchbrechen.

»Was ist das?«, fragte der kleine Como. Er saß neben Tanat am Mast und starrte in die diffuse Unendlichkeit, wo Trugbilder wie Inseln und ferne Gestade auftauchten und im nächsten Moment wieder ins Nichts zerflossen.

»Ich weiß es nicht«, antwortete Tanat wahrheitsgemäß. »Sieht aus, als läge feiner Sand in der Luft.«

»Und wo kommt der her?«

Auch bei dieser Frage war Tanat ratlos.

»Hast du so etwas schon mal gesehen?«, bohrte Como weiter.

Nein niemand auf den Seeschlitten hatte ein solch extremes Wetter jemals gesehen. Selbst Mola nicht in ihren wirren, luziden Träumen.

Plötzlich drang ein Klagelaut durch die Stille. Es klang wie ein Stöhnen. Der kleine Como schrak hoch.

»Hörst du das auch?«, fragte er leise. »Sind das die Stimmen von Meeresgeistern?«

Tanat beruhigte ihn.

»Vielleicht die Ziege«, sagte er. »Geh doch mal nachsehen.«

»Ich traue mich nicht«, flüsterte Como. »Da ist doch die Frau mit den drei Augen. Geh lieber du.«

Also kroch Tanat über das Schilf zur Hütte. Mola saß aufrecht da und streichelte die Hunde.

»Wir sind jetzt mehr geworden auf unserer Reise«, sagte sie.

Zuerst verstand Tanat nicht, was sie meinte. Dann aber entdeckte er die winzigen Tiere im Schoß der Medizinfrau. Fünf blinde Welpen. Die Hündin hatte geworfen. Mitten auf dem Meer. Ein gutes Omen …

Tanat begab sich zurück zum kleinen Como und berichtete ihm die Neuigkeit. Beide fanden: Bei Mola waren die Tiere in den besten Händen. Sie verstand es, mit ihnen umzugehen. Sogar die Ziege, die bei Tanats Eintreten kurz den Hals gereckt und gemeckert hatte, lag zufrieden neben Mola auf dem Schilf.

»Das werden mal gute Hunde«, sagte Tanat. »Wenn sie größer sind, können sie die Ziegen hüten und wir werden mit ihnen auf die Jagd gehen.«

»Aber wir sind doch keine Jäger. Die Leute von Xacas Stamm, ja die. Aber wir?«

»Dann lernen wir es.«

Der kleine Como verzog zweifelnd sein Gesicht.

»Aber wo?«, fragte er zaghaft. »Werden wir jemals irgendwo ankommen?«

»Ganz bestimmt«, beruhigte Tanat. »Ich weiß auch nicht, wie lange unsere Reise noch andauern wird ... Vielleicht weiß es Tazo ... Aber irgendwann finden wir Land. Und gutes Essen für alle!«

Der Schwarm zog lautlos durch die Nacht ...

Auch der folgende Tag zeigte sich wie der vorige in trüben Nebelschleiern, die nicht in Wolken zusammenfanden. Ein Tag ohne echte Sonne, ohne das Blau des Himmels. Ein Tag, der sich diesig in Schweigen hüllte.

Die nachfolgenden Tage und Nächte waren nicht anders. Die Zeit zerfloss zu einer nicht mehr enden wollenden Ewigkeit. Eintönig, still und ohne Hoffnungsschimmer. In einer Nacht aber setzte jählings der Wandel ein ...

In dieser besonderen Nacht, die für immer im Gedächtnis bleiben wird, nahm der Wind in ihrem Rücken ständig an Stärke zu und steigerte sich zum wütenden Sturm. Er griff in die Segel und blähte die Schilfmatten so stark, dass sie sich bis zum äußersten wölbten und die Bootsleute alle Hände voll zu tun hatten, um die am Mast befestigten Leinen zu lockern. Wenn sie rissen, würden die Segel unkontrolliert flattern und unbrauchbar werden.

Die Seeschlitten fuhren jetzt in eng geschlossener Formation, die Boote dicht an dicht. Ein Schwarm wie ein einziger Körper. Tanat verstand, warum Tazo sie auf diese Weise mit hoher Geschwindigkeit segeln ließ. Auch er spürte im Rücken den Sturm. Sie mussten schneller sein als er. Ihm ausweichen. Es war fast so wie beim Wellenreiten. Nur mit dem Unterschied, dass sie blind in eine unbekannte Dunkelheit hinein rasten. Käme jetzt irgendwo Land, eine felsige Küste ... sie würden unweigerlich mit voller Wucht ans Ufer prallen und zerschellen.

Tazo der Fischmann ging offenbar dieses Risiko ein. Er überlegte nicht lange, dachte eigentlich überhaupt nichts mehr, sondern folgte ausschließlich seinem Instinkt. Er fühlte die Strömung unter sich, gab sich ihr hin, wurde eins mit dem Meer und dem Sturm. Aber der Sturm war mächtiger als die kleinen Wesen auf ihren winzigen Schilfbündeln. Er holte sie ein, rüttelte sie durch und trieb sie noch schneller voran. Die ersten Seile rissen, Segel wurden notdürftig gesichert und einige hingen bereits in Fetzen am Mast.

In höchster Not flehte Cia Abora an. Bat um Rat. Die mutige Ula bändigte mit starken Armen das Segel, dessen Verbindung zum Mast abgerissen war. Agar presste sich mit ganzer Kraft auf den Bock, dessen Nerven verrückt spielten. Er schrie fürchterlich und versuchte sich immer wieder durch Aufbäumen aus seiner gefesselten Lage zu befreien. Mola wiegte die fünf Welpen im Arm und träumte sich in eine Zeit zurück, als es noch keine Feinde gab, keine Flucht über das große Wasser und keinen Sturm von solch unerbittlicher Härte.

Das Unwetter tobte und wühlte das Meer auf. Aus sanftem Schaukeln war nun eine wilde, rasende Fahrt geworden, die tief in Wellentäler führte und hinauf auf den Kamm der nächsten Woge. In das Heulen des Windes hinein mischte sich nun auch Donner. Blitze zuckten vom Himmel und zerschnitten mit grellen Lichtern die Dunkelheit. In solchen Momenten konnte Tanat kurz und überdeutlich die Boote vor sich erkennen. Wie Bilder aus einer anderen Wirklichkeit.

»Werden wir das überstehen?«, rief der kleine Como. Sein Gesicht war schreckensbleich und sah im Licht eines Blitzzuckens fast so aus wie das der weiß bemalten Gespenster der Bucht.

»Natürlich werden wir das, Como, der den Sprung wagt!«, lachte Tanat, um dem Kleinen Mut zu machen. Aber insgeheim überkamen ihn langsam Zweifel. Auf was hatten sie sich da bloß eingelassen? Würde dieses Unwetter jemals enden? Nun auch noch peitschender Regen. Sah so das Ende ihrer Reise aus? Es wurde die schlimmste Nacht seines Lebens …

Eine endlose Nacht über tobte der Sturm, bis in den frühen Morgen hinein. Er brüllte in den Ohren und füllte den Kopf bis zum Bersten mit einem donnernden Rauschen. Noch hielten die Masten und Hütten. Aber die meisten Segel waren zerfetzt. Die Menschen auf den Booten klammerten sich ans Schilf, krallten sich fest, um nicht über Bord gespült zu werden.

Das ist das Ende, dachte der alte Echey. Das überlebt niemand von uns …

16
Benahoare

Die Nacht wurde zum Albtraum, zum Kampf ums nackte Überleben. Hilflos dem Schicksal ausgeliefert, trieben sie durch eine Dunkelheit, die den Mond verschluckt und die Lagerfeuer der Ahnen am Himmel ausgelöscht hatte. Sie klammerten sich am Schilf fest, während der tobende Sturm über sie hinweg raste. Leinen rissen, die Segelmatten zerfetzten, und Masten brachen aus ihrer Verankerung. In panischer Angst schrien die Tiere. Mütter pressten sich auf ihre Kinder und schützen sie mit dem Körper. Jeder war auf sich allein gestellt in diesem wütenden Sturm, der erst an Gewalt verlor und nach und nach auch an Kraft, als das Morgengrauen einsetzte. Aber wo war die Sonne?

Etwas, das wie eine hohe, schwarze Wand aussah, schälte sich schemenhaft aus dem Wasser. Eine endlose Felsenkante, die bis in das diesige Grau des Himmels reichte. Eine Küste? Eine Insel? Auf jeden Fall eine feste Landmasse. Aber schroff und abweisend, ohne Buchten oder Strände. Eine schwarze Wand, ein Grau ohne Hoffnung.

Wenn wir direkt darauf zugetrieben werden, sind wir verloren, dachte Tanat. Wir werden unweigerlich an der Felswand zerschellen und in der Brandung zertrümmert. Aber zu seiner Überraschung merkte er bald, dass diese Gefahr gar nicht bestand. Die Strömung zog sie seitlich vorbei und der Abstand zur schwarzen Küste blieb gleich. Der kleine Como lag bäuchlings fest an das Schilf gekrallt. Völlig starr, aber mit Atem. Tanat wagte es, sich etwas aufzurichten und nach hinten zu drehen. Zu den anderen Booten im Schwarm. Zu Mira ...

Zu seinem Entsetzen erblickte er nichts. Nur Wasser. Kein einziger Seeschlitten. Er, der kleine Como und die Frau mit den drei Augen waren plötzlich die letzten im Schwarm ...

Was war mit Xacas Seeschlitten passiert? Waren sie in der Nacht vom Kurs abgekommen? Warum hatten sie sich vom Schwarm gelöst? Hatte der Sturm ihre Boote zerfetzt? Das Meer sie in seinen wilden Tiefen zertrümmert?

Tanat schauderte und unterdrückte alles weitere Nachsinnen. Aber Gedanken sind mächtig. Besonders, wenn es sich um Liebende handelt und man sich von allen guten Geistern verlassen auf den unendlichen Weiten des großen Wassers befindet. Sie springen einen an, zerren im Inneren, wie es der Wind mit der äußeren Hülle des Menschen tut, mit der Haut und den Haaren ...

Tanat fühlte sich wie gelähmt, als ihn ein Schrei erreichte, der ihn schlagartig wachrüttelte und zurück ins Hier und Jetzt warf. Der Schrei kam von einem der vorderen Boote und wurde weiter gerufen, von Tazo bis zu Tanat.

Tazo der Fischmann hatte etwas entdeckt. Es galt nun, das linke Seitenschwert tiefer ins Wasser zu senken, um aus der Strömung herauszukommen. Der Schwarm bemühte sich kräftig und es gelang. Plötzlich erkannten sie, warum sie all dies ohne Denken taten. Da tat sich zwischen den Felsen eine breite Bucht auf, und Tazo führte den Schwarm aus der Strömung genau in sie hinein. Die Brandungswellen brachen sich hier weniger heftig als an der Felswand und trugen die Boote auf eine steinige Uferböschung. Als sie aufsetzten, sprangen die Menschen hastig an Land und zogen die Boote – oder das, was noch von ihnen übriggeblieben war – höher hinauf. Es galt nur noch ein Gedanke: Schnell weg vom Meer. So weit wie möglich. An Land! An Land! Egal, was einen dort erwartet. Alles wird besser sein als das Toben des großen Wassers.

In einem Zustand plötzlicher Erdung und des Bewusstseins, dass sich die gesamte aufgestaute Anspannung blitzartig entlädt und zwischen Wimpernschlägen Blicke auf ein Neuland zulässt, auf Einzelheiten, die man nicht richtig einordnen kann, weil sich alles Übrige noch in Unordnung befindet, in einer solch extremen Ausnahmesituation also passierte nahezu gleichzeitig Folgendes in der Bucht:

Bea die kleine Blume und ihre Schwester Nada sind plötzlich an Tanats Boot. Bea rettet die fünf winzigen Welpen, bringt sie an trockenes Land. Die beiden großen Hunde folgen ihr. Ebenso die Ziege, die Nada vom Strick befreit, an dem sie sich fast erdrosselt hat. Atog, Buca und der alte Echey, der tapfer gegen die Schmerzen in seinen Gelenken ankämpft und sich wundert, dass er noch lebt, kümmern sich um die Schweine. Ulas Ziegen springen an Land und rennen sofort zum Fluss, um zu trinken. Ebenso der störrische Bock, der an Agar vorbei rast, um den Ziegen zu folgen.

Gazma trägt den kleinen Namenlosen im Arm, der erbärmlich schreit. Erst jetzt hört man das, denn bisher wurde sein Wimmern vom Rauschen des Sturms übertönt. Sie ist froh, dass sich auch der kleine Como fest an sie klammert. Sie haben überlebt. Alle haben sie überlebt. Es ist ein Wunder!

Cuperche und sein Bruder Chio der Läufer versuchen verzweifelt, einen Seeschlitten höher aufs Ufer zu ziehen. Vergeblich ... Das Meer ist stärker. Es holt sich mit einem kräftigen Sog das Boot mitsamt den Resten der Hütte. Zieht es als Beute aufs große Wasser hinaus. Zum Glück hatte Mara mit ihren Töchtern Lio und Guada noch ein paar Vorratsbeutel retten können. Kostbares Saatgut.

Tazo sieht, dass mindestens vier der Seeschlitten zerstört sind. Die anderen drei sind zwar auch stark beschädigt, haben aber den wilden Ritt durch den Sturm einigermaßen gut überstanden und liegen jetzt höher an der Uferböschung.

Er blickt aufs Meer hinaus. Seine Augen suchen den Horizont ab. Wo sind die Boote von Xacas Stamm geblieben?

Ein Gefühl des Entsetzens kriecht in ihm hoch. Sind sie alle dem Sturm zum Opfer gefallen?

Grea die mit den Augen lächelt schmiegt sich in die Arme von Gara. Sie spüren ihre Körper, den Atem des Anderen, ihre klopfenden Herzen. In diesem Moment der Ewigkeit entscheidet sich alles für sie ...

Sie standen frierend am Ufer. Im frühen Licht der hinter den Bergen aufsteigender Sonne sahen sie ein breites Tal zwischen hoch aufragenden Felsen. Der größte Teil der Schlucht wurde von einem Fluss ausgefüllt, der braunes Wasser ins Meer führte. Am schmalen Ufersaum links wuchsen Schilf und Bäume mit grünen, gezahnten Wedeln und kleinen gelben Früchten.

»Wo ist Mola?«, rief Ula mit lauter Stimme, die alle zusammenzucken ließ.

Bisher hatte niemand zu sprechen gewagt. Zu tief saß noch der Schrecken im Nacken. Man lief durcheinander, war bemüht, alles was möglich war, zu retten. Ulas Stimme brachte wieder Zusammenhalt in den Stamm. Da kam Tanat bereits aus dem Wasser gestiegen. In seinen Armen trug er die Medizinfrau und setzte sie auf festem Boden ab. Alle starrten auf Mola, die jetzt alle drei Augen geöffnet hatte, sich mit erstaunlicher Behändigkeit aufrichtete und weiter über die runden Steine zu krabbeln begann. Es sah aus, als beginne ein kleines Kind mit ersten Schritten laufen zu lernen.

In Wahrheit aber führte Mola ihre Nase dicht an den Boden, beschnupperte die Erde. Tief sog sie den Atem des Landes ein.

War das der Geruch ihrer Träume?

Ja, er war es.

Fremd noch, aber verheißungsvoll.

Sie riss beide Arme hoch, rahmte mit ihnen die Sonne ein und rief in der alten, fast vergessenen Sprache der Ahnen, die nur der Kulkul in ihrem Kopf noch kannte: »Benahoare! Mein Land!«

Alle wurden nun Zeuge, wie Molas Zeremonie der Namensfindung weiter verlief. Der Kulkul flüsterte ihr die Namen zu.

»Time«, sagte er und meinte die linke Flanke der breiten Schlucht, »hohe Felswand.«

Und die rechte, hinter der ein seltsam geformter Berg hervorragte: »Bexenao. Großer Kopf«, weil an seiner Seite das Gesicht eines Riesen herauswuchs. Ein versteinerter Ahngeist, der im Felsen schlief.

Den Fluss aber nannte sie Tabu, weil er mit voller Breite die Schlucht ausfüllte, was ein Vorwärtskommen selbst am Rand, wo das Schilf wuchs, unmöglich machte. Vielleicht waren die Verhältnisse im Sommer anders, wenn er bei Trockenheit weniger Wasser mit sich führte. Aber jetzt begann bald der Winter. Und sein Name war Tabu. Dieses Wort gab es auch in ihrer Sprache. Der Platz der Frauen und Mädchen am heiligen Weiher im Schilfwald war Tabu gewesen. Und die Kraftorte der jungen Männer waren ebenfalls Tabu. Es hieß, dass die Schlucht unpassierbar war.

Alle fanden Molas Namensgebung wichtig und akzeptierten sie. Denn es sah ja so aus, als würde dies ihre neue Heimat werden und sie wollten sich darin gut orientieren.

Etwas später entdeckte Agar, der Mencey, in der linken Felswand die Höhlen. Sie zogen seinen Blick nahezu magisch an. Er rief den anderen zu und wies mit der Hand in die Richtung, die Rettung bedeuten konnte. Aber auch den Tod ...

Atog, der Sohn des alten Echey, und Chio der Läufer begriffen sofort. Atog packte die Axt, Chio griff zum Speer, der nicht über Bord gespült worden war, weil er die Waffe fest im Schilf verankert hatte. In geduckter Haltung kletterten sie über den Hang, leise und sorgsam sichernd. Sie kamen höher und höher, hatten jetzt die erste Höhle erreicht und blieben abwartend vor dem Eingang stehen.

Nichts geschah. Nur der Wind heulte vom Meer in die Schlucht hinein und rauschte in den Ohren. Man sah Atog und Chio weiter zur nächsten Höhle steigen und dort verschwinden.

Die Menschen unten am Steinstrand warteten mit klopfendem Herzen. Sie standen dicht an dicht, um sich gegenseitig zu wärmen. Ein Haufen nackter, frierender Menschen. Der ganze Stamm. Die Tiere indes trieb es bereits zum Schilfsaum am Ufer des Flusses. Stück für Stück erkundeten sie die neue Welt und machten sich gierig über Fressbares her. Dann kam der erlösende Ruf. Sie sahen Chio auf einem Felsvorsprung stehend den Speer recken. Erleichtert atmeten sie auf.

Kurz darauf kamen Atog und Chio vom Time heruntergeklettert.

»Große Höhlen«, rief Atog atemlos. »Sehr große Höhlen. Allesamt leer!«

»Keine Feuerstellen«, ergänzte Chio. »Keine Spuren von Menschen. Hier war vor uns niemand.«

»Dann sind wir die ersten«, brummte Agar, der Mencey, und nahm in Gedanken Besitz von diesem Stück Erde.

»Benahoare«, flüsterte Mola so leise, dass es keiner der Umstehenden vernehmen konnte.

»Abora.«

Sie war dankbar und glücklich. Der Kulkul hatte sie zum Ziel geführt. Sie hatte endlich das Land ihrer Träume gefunden. Hier wurde sie neu geboren und hier war der Ort, an dem sie auch sterben würde. Sie küsste den Boden zu ihren Füßen und war froh, dass er fest war. Nichts unter ihr schwankte mehr. Alles war sicher und gut.

17
Der Adlerstein

Zwei Mondwechsel hatten sich bereits seit ihrer Ankunft vollzogen. Sie gewöhnten sich allmählich an das Leben im Eingang zur Schlucht. Und an den Gedanken, dass sie allein auf sich gestellt waren. Xacas Stamm gab es nicht mehr ... Sie akzeptierten das rasch wechselnde, launische Wetter. Heftigem Wind, der nach Salz schmeckte, folgten ergiebige Regenschauer, denn die Wolken brachen gern über der Schlucht. Der Tabu schwoll an und färbte in seiner Mündung das Meer braun. Dann gab es viel totes Holz am Strand, das man für die Feuerstellen nutzen konnte. Aber sobald die Sonne durch die Wolkenschichten drang, wurde es warm. Viel zu warm, meinte Agar, der Mencey. Nach seinen Berechnungen begann jetzt der Winter. Hier aber schwitzten sie, wenn sie Schilf schnitten oder auf die Bäume mit den stolzen, grünen Wedeln kletterten, um die gelben Früchte zu ernten.

Es war Molas Idee gewesen. Sie hatte zu Ula gesagt: »Man kann sie frisch vom Baum essen. Sie schmecken süß. Ich rieche das. Aber noch besser ist: Du zerstampfst die Früchte im Mörser zu Pulver. Tu etwas Wasser vom Tabu dazu, oder auch Ziegenmilch. Auf dem heißen Stein am Feuer gebacken, wird daraus Brot.«

»Woher weißt du das alles?«, fragte Ula erstaunt.

»Ich habe es im Traum erlebt«, antwortete die Medizinfrau. »Es riecht wunderbar, wenn die äußere Kruste braun und hart wird.«

Also pflückten sie bei jedem sonnigen Wetter gelbe Früchte und buken Brot, was gut zum Fisch und den Meeresfrüchten passte, die es an manchen Tagen gab. Tazo ging zusammen mit Gara, Echentive und Cuperche auf Fang. Aus Bestandteilen der zerstörten Boote, die noch verwendbar waren, bauten sie wie früher kleine Seeschlitten zum Wellenreiten.

An den Felsen nahe dem Wasser klebten Seeschnecken. Sie schmeckten roh wie gegart. Tazo der Fischmann, der so viel Mut unterwegs auf ihrer gefährlichen Reise bewiesen und sie heil an Land gebracht hatte, tat wieder das, war er schon immer gemacht hatte. Mit sicherem Instinkt versorgte er den Stamm mit den Geschenken des großen Wassers. Und Gara der das Meer riecht war beinahe schon wie er. Er schlug vor, auch nachts mit einem Boot auf das Meer zu fahren. Er würde steuern, Echentive einen Kienspan als Fackel halten, um Kraken anzulocken, und der treffsichere Tazo würde im richtigen Moment mit der gezackten Lanze zustechen. Ein guter Plan war das, fanden die Drei und begannen sofort mit Cuperches Hilfe einen der beschädigten Seeschlitten zu reparieren.

Tazo wohnte mit seiner Frau Cia, der Tochter Mela und dem kleinen Sohn ohne Namen in der untersten Höhle, die dicht am Meer lag. Dort flogen die Möwen vorbei und grüßten morgens und am späten Nachmittag mit lachendem, kreischendem Ruf. Grea die mit den Augen lächelt war zu Gara gezogen. Die beiden waren ein Paar, das wusste nun jeder. Also stand ihnen eine eigene Höhle zu.

Agar, der Mencey, wohnte mit der stimmgewaltigen Ula, der Wortführerin und Herrin der Ziegen, in einer etwas höher gelegenen Höhle, die für zwei Personen etwas zu groß war, wie sie meinten. Jetzt, wo ihr Sohn mit Grea zusammen war. Zum Glück leisteten die Hunde mit fünf verspielten Welpen Gesellschaft. Weiter oben waren in einer zum Stall ausgebauten Höhle die Ziegen untergebracht. Noch etwas höher in der Felswand hauste der Bock, der allerdings nur ein enges Gatter besaß, was ihm überhaupt nicht behagte. Er meckerte den ganzen Tag.

Agar dachte viel nach in letzter Zeit. Besonders wenn er allein war, weil sich Ula unten bei den Frauen aufhielt. Er grübelte über Fragen, die sich bisher nie in seinem Leben gestellt hatten: Was hatte das Schicksal mit ihnen vor? Worin lag ihre Zukunft? Mola hatte ja das Gestade als Ziel ihrer Träume erkannt. Und sie lebten nicht schlecht in den Höhlen, die Schutz vor jedem Wetter boten. Die Bedingungen waren gut. Am Fluss konnte man Trinkwasser schöpfen und das Meer bot reichlich Nahrung. Die Sau von Buca und Atog hatte Ferkel geworfen. Es ging also aufwärts ... Und wohin sollten sie auch sonst? Der Schwarm war nun einmal an dieser Küste gelandet. Es war Aboras Wille gewesen. Hier sollten sie ankommen und bleiben ... Auf das große Wasser würde niemand vom Stamm mehr freiwillig hinaus ...

Auch Echentive und Aca schliefen nun allein in einer geräumigen Höhle, weil ihre beiden Töchter Bea die kleine Blume und die stille Nada beschlossen hatten, bei der Medizinfrau in die Lehre zu gehen. Sie lagerten bei Mola, wo es eine erdbedeckte Terrasse gab. Dort pflanzten sie mitgebrachten Samen in den Boden, sammelten Pflänzlinge von bestimmten Kräutern und erfuhren jeden Tag aufs Neue aus Molas Mund die Geheimnisse des Lebens, auch wenn sie nicht immer sofort verstanden, was die Medizinfrau meinte. Zum Beispiel wenn sie mit dem Finger in Richtung der Berge wies, in der Luft einen Kreis beschrieb und dabei raunte: »Da drüben gibt es Farn. Ich rieche es. Riesige Büsche. Die Wurzeln sind giftig, hat der Kulkul gesagt. Aber ich sage: wenn man sie am Feuer röstet und mit dem Pulver der gelben Früchte mischt, dann gibt es noch besseres Brot.«

Bea und Nada hatten nie zuvor so eine Pflanze gesehen und konnten sich auch nicht recht vorstellen, wie sie aussah.

»Aber da drüben ist doch Tabu«, wagte Nada zaghaft einzuwerfen.

»Jetzt ja«, antwortete Mola. »Aber eines Tages nicht mehr.«

Als sie in die ratlosen Gesichter der beiden Mädchen blickte, begann sie zu lachen. Sie lachte so heftig, so laut und so ansteckend, dass ihr ganzer Körper ins Schwanken geriet und ihr Gesicht rot anlief. Bea und Nada konnten nicht anders. Sie stimmten in das Gelächter ein und vergaßen vorerst das Rätsel. Eines Tages werde ich verstehen, was sie uns mitteilen will, dachte Bea, die kleine Blume. Ich muss mir nur jedes Wort merken. Es könnte wichtig sein ...

Gazma und Aca, die Schwestern, die als junge Mädchen aus einem anderen Dorf in den Schilfwald kamen, waren wahre Zauberinnen im Kochen, Braten und Backen.

Kein Wunder, dass sich in ihrem Umkreis ständig Kinder aufhielten. Hier gab es stets etwas Interessantes zu tun, zu sammeln, zu zermahlen, zu schnitzen. Der kleine Como fertigte eine letzte, besonders schöne Rohrflöte mit drei Grifflöchern für die Finger und schenkte sie eines Tages Grea.

»Da«, sagte er, als er sie überreichte. »Du spielst besser als ich.«

Grea lächelte ihn an. »Und du?«

»Ich? Ich habe jetzt etwas anderes zu tun. Schau mal ...« Er präsentierte ihr seine neuesten Werke: einen Löffel, der aus einer durchbohrten Schneckenschale bestand, in die er einen Holzgriff gesteckt hatte.

»Für Suppe«, erklärte er mit stolz geschwellter Brust. »Dann brauchst man nicht mehr aus der Schüssel zu schlürfen.«

Und er zeigte Grea weitere, durchaus praktische Wunderdinge, die das Essen mit den Händen überflüssig machten: eine Gabel aus geschnitztem Fischbein und angespitzte Holzstengel, die zum Aufspießen von Fleischstücken geeignet waren.

»Du bist ein wahrer Künstler«, lobte ihn Grea und lächelte so intensiv, dass dem kleinen Como von ihrer Schönheit schwindelig wurde und er sich schnell verabschieden musste.

»Du auch!«, rief er im Weggehen. »Probier die Flöte aus. Sie besitzt viele Stimmen.«

Das tat sie auch und was sie daraus hervorlockte, wenn sie bei Sonnenuntergang mit Gara vor ihrer Höhle saß, war so wunderschön, dass es alle gerne hörten. Grea machte das von da an ständig. Sie blies immer nur ein, zwei Lieder, die ihr gerade in den Sinn kamen.

Aber das reichte den Menschen im Stamm, um danach wohlig gestimmt einzuschlafen.

Gazma fror stets bei Seewind und verlangte von ihrem Mann Cuperche, dass er zur Nacht den Höhleneingang mit Schilfmatten verschloss. Obwohl die Anderen nicht so rasch fröstelten wie Gazma, wurde das Aufhängen von Schilfmatten bald Mode. Sie nutzen das Material der Seeschlitten dafür, das ja noch aus der alten, vertrauten Heimat stammte. Nach und nach bauten sie ab, im stillen Einverständnis aller, dass sie sich so bald nicht wieder auf das große, weite Wasser hinauswagen würden. Wofür waren die Boote da noch von Nutzen? Natürlich könnte man auch neue bauen. Es wuchs dafür reichlich Schilf am Ufer des Tabu. Aber wozu?

Atog und Buca hatten die Schweine gut untergebracht und freuten sich über den quiekenden Nachwuchs. Abends beratschlagten sie, wie man die Trittspuren zu richtigen Pfaden ausbauen könnte, damit die einzelnen Höhlen im Dorf besser erreichbar würden. Wenn man an manchen Stellen den Fels etwas abschlagen würde, dann ergäben sich Stufen einer Treppe.

Am großen Lagerfeuer brachten sie im Kreis dieses Thema des Öfteren zur Sprache. Jedes Mal wurde dem Plan grundsätzlich zugestimmt. Dennoch gingen die Arbeiten am Weg nur schleppend voran.

Chio der Läufer, der immer schon ein Sonderling war, den es oft allein in die Natur zog, entfernte sich des Öfteren vom Stamm, um neue Wege zu wagen. Natürlich hatte er Respekt vor den Wassern des Tabu. Aber an seinem linken Ufersaum konnte man sich einen Weg durch das Schilf bahnen. Und je besser es ging, desto mehr trieb ihn die Neugier weiter. Er merkte, dass man oberhalb des ersten Hangs am Fluss vorbeikam, ohne die Gefahr eines Absturzes zu riskieren. Hinter dem Schilf begann dichter Nadelwald, der bis zu den hohen Bergen reichte. Tag für Tag wagte sich Chio der Läufer ein Stück weiter in den Urwald hinein.

Ein noch größerer Sonderling als Chio war der alte Echey. Als Dorfältester hatte er in seinem Leben schon vieles gesehen und wollte eigentlich auch nichts mehr Neues hören. Deshalb verschlossen sich nach und nach immer mehr seine Ohren. Er schlief in einer winzigen Höhle nahe dem Stall der Schweine. Er liebte ihren Geruch und die friedliche, zutrauliche Art der Tiere. Aber wenn es sein musste, war er als Schlachter unerbittlich. Ganz in der Nähe bewohnte sein Sohn Echentive mit seiner Frau eine Höhle. Es gab Platz genug für alle und ausreichend Brennholz, um die Feuerstellen zu bestücken. Eine große, die vor einer Höhle Platz für den ganzen Stamm bot, bildete den Versammlungspunkt zum gemeinsamen Essen. Hier fanden auch alle wichtigen und weniger wichtigen Gespräche statt, Tratsch und Austausch von Informationen. Jeder konnte, wenn er wollte und meinte, es könne die Anderen interessieren, berichten, was er erlebt und gesehen hatte. Doch wenn Grea, die mit den Augen lächelt, und Gara zu ihrer Wohnhöhle aufbrachen, wussten alle, dass sie bald auf der Flöte spielen würde und schwiegen erwartungsvoll.

Über die schrecklichen Ereignisse der Sturmnacht und den Untergang von Xacas Stamm sprach indes niemand mehr. Auch das war Tabu, das spürten alle, ohne dass es Mola ihnen gesagt hätte.

Tanat zog sich immer mehr von den Anderen zurück. Seine Trauer war allgegenwärtig. Sie umklammerte ihn, nahm ihm die Luft zum freien Atmen und drückte ihn nieder. Seit die beiden Schwestern bei der Dreiaugenfrau wohnten, war dort für ihn kein Platz mehr. Er suchte sich eine kleinere Höhle in der Steilwand, die zum Schlafen ausreichte. Sie schütze vor dem Wind und bot einen guten Blick über das Tal. Allerdings musste man ein bisschen klettern, um sie zu erreichen. Tanat war diese Lage ganz recht. Er fühlte sich wie in einem Nest.

Aber das reichte Tanat nicht. Von einer inneren Unruhe getrieben, stieg er jeden Tag ein Stück höher in der Steilwand des Time. Er kletterte über schmale Trittsteige an rutschigen Hängen, durch dorniges Gebüsch, probierte immer neue Möglichkeiten des Aufstiegs. Eines Tages erreichte er die Spitze und nahm überrascht wahr, dass es gar kein Berggipfel war, sondern die Kante eines Hochlandes mit vielen Hügeln und weiteren Schluchten, und dass ein unendlich weit reichender Wald bis zur Bergkette im Osten hinaufwuchs.

Er stand nun hoch über der großen Schlucht und staunte, wie tief sie war. Steil durch die Felsen geschnitten, zerteilte sie das Land und führte von der Bucht bis hinein in einen riesigen Urwaldkrater. Er sah auch jenseits der Schlucht, auf der gegenüber liegenden Seite, grüne Hochebenen und im Westen das Meer. Der Blick nach Osten aber wurde durch einen hohen Bergrücken versperrt. Deshalb brauchte die Sonne morgens so lange, bis sie zur Bucht scheinen konnte. Sie musste erst das gewaltige Bergmassiv überwinden, bevor ihre wohltuende Wärme ins Tal einströmen konnte.

Tanat bewegte sich dicht an der Steilkante des Time entlang, wanderte weiter in Richtung der Berge. Gegen Mittag suchte er sich einen schattigen Platz im Schutz der Felsen. Ruhig saß er da und ließ den Blick schweifen. Dieses Hochland mit seinem Bewuchs wäre gutes Weideland für die Ziegen. Sofern sie den Aufstieg schafften. Aber sie können gut klettern. Man müsste sie nur vom Stall über die Felsen führen …

Wind strich in Böen am Time vorbei. Ein Falke segelte keckernd unterhalb des Steilhangs vorbei. Die gesamte Natur ringsum atmete ruhig. Plötzlich nahm Tanat eine Bewegung am Himmel wahr. Ein riesiger Vogel, ein Adler, trieb dort lautlos im Aufwind, segelte mit breiten Schwingen in Spiralbahn hoch. Er zog eine weite Kurve über die Schlucht und landete auf einer abgerundeten Feldspitze. Tanat beobachtete ihn mit zusammengekniffenen Augen. Fraß er dort zerlegte Beute? Nein, auch er ruhte sich nur aus und beäugte seine Umgebung. Nach einer Weile stieß er sich ab und flog in das Grün des Urwaldkraters hinein.

Tanat verfolgte seinen Weg und sah, dass der Adler eine Felssäule ansteuerte und sich dort niederließ. Dieser Fels war rötlichbraun und sah aus wie ein aufrecht stehender Mann. Ein schlanker Riese mit vorgeneigtem Oberkörper. Tanat versuchte sich den Ort genau einzuprägen, was nicht einfach war, denn aus dem Urwald ragten verschiedene bizarr geformte Felsnasen hervor. Doch keine von ihnen glich in der Form dem rotbraunen Riesen.

Tanat stand auf und lief den Kamm entlang bis zum Adlerstein. Erhaben und mit abgerundeter Spitze ragte er aus dem Buschwerk. Tanat umkreiste ihn und erkundete die Umgebung. Weiter unterhalb fand er eine Quelle. Er trank von dem kühlen Wasser und wusch sich. Nass und im Wind fröstelnd strebte er zum Adlerstein, erklomm ihn und ließ sich auf seiner Kuppe nieder. Die Haut trocknete rasch in der Sonne.

Tanat saß nun genau auf derselben Stelle, an der zuvor der Adler sich ausgeruht hatte. Er versuchte, es ihm gleich zu tun. Zu spähen wie er, den Wind zu prüfen, Entfernungen abzuschätzen: Sehr weit zogen sich die Ebenen bis zu den Bergrücken im Osten. Eine wild zerklüftete, steil abfallende Küste. Das Meer reichte bis zu Wölbung des Himmels. Er befand sich hoch, sehr hoch über dem großen Wasser.

In den folgenden Tagen ging er immer öfter zum Adlerstein. Manchmal schlief er gar nicht mehr in seiner Höhle, sondern lieber im Hochland in einer strauchumwachsenen Mulde nahe der Schlucht. Jeden Nachmittag um die gleiche Zeit kam der Adler, und Tanat beobachtete ihn. Wenn der mächtige Vogel vom Stein abhob und in den Urwaldkrater flog, nahm Tanat seinen Platz ein.

Eines Morgens passierte etwas Seltsames. Tanat war früh in der Mulde erwacht und über die Hänge gestiegen, als er einen schwarzen, glänzenden Stein fand, der ungewöhnlich hart und scharf war. Er hob ihn auf und nahm ihn zum Adlerstein mit. Was dann geschah, kam ihm wie ein Traum vor. Er nahm den schwarzen Stein und begann damit, auf der glatten Seite, die schräg zur Schlucht stand, zu kratzen. Erst zaghaft, dann stärker, zog er Linien in den Fels. Wellenlinien, eine neben der anderen, so wie sich Wasser in Bewegung formt.

Erst war er geneigt, eine Sonne mit ihren Strahlen zu zeichnen, doch dann sah er davon ab, denn das harte Gestein besaß sein Eigenleben. Er musste nur den bereits vorhandenen Strukturen folgen, sie verstärken und vertiefen. Die Sonnenstrahlen wurden nun wieder zu Wellenbändern. Egal, was er tat und wie es aussah – Tanat fand es schön.

In den nächsten Tagen kratzte er weiter, und damit er tiefer in die Rillen und Linien kam, nahm er nun einen anderen, handgroßen Geröllstein und benutzte ihn als Hammer für den schwarzen Keil. Tatsächlich ging es so leichter und die ausgehauene Wellenfigur trat immer deutlicher hervor. Die abfallenden Splitter und das Pulver sammelte Tanat sorgfältig ein und umhüllte sie mit einem Blatt. Das war für Mola bestimmt. Die Dreiaugenfrau konnte solche Dinge gebrauchen, sie weiter im Mörser zerstampfen und vielleicht eine Medizin daraus machen. Der Adlerstein, zumal nahe einer Quelle gelegen, war mit Gewissheit ein Kraftplatz, ein magischer Ort, und Steinstaub von ihm heilend und heilig. Das würde Mola sofort erkennen.

Am Nachmittag kam der Adler und setzte sich auf seinen Spähplatz. Tanat hatte sich in einem Busch versteckt und beobachtete ihn aus der Nähe. Der Vogel wetzte seinen Schnabel am Fels, betrachtete kurz die Gravur, nahm dann aber weiter keine Notiz davon. Nach einer Weile hob er mit kräftigem Schwingenschlag ab und flog in Richtung des rotbraunen Riesen.

Als Tanat zurück in die Tiefen der Schlucht stieg, kam ihm noch ein anderer Gedanke in den Sinn. Er würde Ula um Erlaubnis bitten, die Ziegen zum Time hinauf ins Hochland zu bringen. Dort könnten sie eine

Zeitlang bleiben und das üppige Grün abweiden, bis sie vollgefressen waren. Man müsste sie allerdings dort auch melken ... Und am besten einen der Hunde zum Hüten mitnehmen. Wenn Ula nicht mit über den steilen Pfad wollte und lieber im Tal blieb, könnte er, Tanat, diese Aufgabe übernehmen. Er hätte dann im freien Gelände viel Zeit zum Schauen, Beobachten, Nachdenken und Träumen ...

18

Jagd auf kleine Drachen

Chio der Läufer hatte Tanat seit ihrer Ankunft in der Bucht beobachtet und die Veränderungen in seinem Wesen wahrgenommen. Er machte sich ernsthaft Sorgen um seinen Freund. Dem Jungen war die Trauer von den Augen abzulesen. Natürlich ging es um Mira, um den Untergang des Stammes. Ja, das war wirklich schlimm. Aber offenbar hatte Abora es so gewollt. Das Schicksal hatte eine Tatsache geschaffen, die sich nicht mehr ändern ließ. Was konnte man also anderes tun, als das »Jetzt« zu akzeptieren.

Zufälligerweise lief ihm Tanat direkt in die Arme, als der in der Bucht nach Ula suchte. Ula und Agar mussten irgendwo weiter höher am Flussufer unterwegs sein, um frisches Grünfutter für die Ziegen zu schneiden. Viel wuchs da ja nicht und die beiden tasteten sich jeden Tag ein Stückchen weiter in den Schilfsaum vor, um genießbare Kräuter zu finden.

»Du warst lange weg«, stellte Chio fest.

Tanat nickte.

»Ja. Im Hochland. Hinter dem Time.«

»Kann man da hoch?«

»Ziemlich steil. Aber ich habe einen Aufstieg gefunden.«

»Und wie ist es da?«

»Grün. Hügelig. Und es gibt noch mehr hohe Berge. Auf den Spitzen liegt Schnee.«

»Schnee? Bei der Hitze?«

»Die Berge im Osten reichen hoch in den Himmel.«

Chio durchkraulte nachdenklich seinen Bart.

»Ich bin auch unterwegs gewesen«, sagte er, »aber unten am Tabu entlang. Es gibt einen Pfad durch das Schilf bis zum großen Krater.«

»Bist du im Urwald gewesen?«, fragte Tanat, neugierig geworden.

»Nur ein kleines Stück. Der Krater ist riesig.«

Das konnte Tanat nur bestätigen. Man brauchte schon die kräftigen Schwingen eines Adlers, um über die Weite des Waldes zu streifen. Das hatte er vom Adlerstein aus gesehen. Aber Chio der Läufer hatte sich unten in der Schlucht entlang bewegt und wahrscheinlich ganz andere Dinge gesehen. Er war ja bekannt dafür, dass er seinen Blick stets auf die Erde vor seinen Füßen lenkte. Erst wenn er stehen blieb, nahm er den Rest der Welt wahr. Sozusagen von unten nach oben. Die Gräser, Sträucher und Bäume.

»Wir sollten zusammen auf die Jagd gehen«, schlug Chio vor. »Vielleicht stoßen wir auf essbare Tiere.«

»Hast du welche gesehen?«

»Noch nicht. Aber gehört«, antwortete Chio. »Es raschelt überall im Gestrüpp.«

»Schlangen?«

»Nein. Glaube ich nicht. Habe auch keine entdeckt. Die Geräusche hören sich auch anders an. Es muss etwas Größeres sein.«

Chio blickte Tanat prüfend an, bemerkte sein Zögern und schlug deshalb vor: »Und wenn wir keine Beute machen können, dann wird es eben ein Ausflug. Um das neue Land zu erkunden.«

»Und das Tabu?«

»Stört mich nicht«, sagte Chio. »Dich etwa? Der Fluss führt zwar noch eine Menge Wasser. Aber es sieht aus, als würde seine Höhe langsam sinken. Er gibt jeden Tag ein bisschen mehr den Pfad am Ufer frei. Ich werte das als ein gutes Zeichen. Wir können ungehindert gehen.«

Tanat konnte der Verlockung nicht länger widerstehen: »Wann?«

»Morgen in aller Frühe. Bevor es anfängt, richtig hell zu werden.«

So verabredeten sie sich. Also besprach Tanat an diesem Tag nicht mehr mit Ula seinen Vorschlag, die Ziegen demnächst auf die Höhen des Time zu führen. Stattdessen verbrachte er die Zeit damit, sich in der Bucht herumzutreiben und auf das große Wasser zu starren. Am Abend hockte er sich zu den anderen des Stammes ans große Feuer, aß köstlichen Fisch, den Tazo gefangen und mit Kräutern veredelt und gebraten hatte. Es schmeckte gut und kam Tanat noch köstlicher vor, weil er lange nichts Warmes gegessen hatte. Nur Brot und ein paar Früchte. Das tat er oft in letzter Zeit, verspürte auch selten Appetit. Aber heute war das anders. Er genoss die Wärme des Feuers im Kreis und die Tatsache, dass ihn niemand wegen seiner langen Abwesenheit befragte. Teilnahmslos hörte er den Gesprächen zu. Als die Anderen aufbrachen, um noch im Hellen ihre Höhlen zu erreichen, blieb Tanat allein am Feuer sitzen.

Wenn die Sonne hinter der Felswand des Time im Meer versank, begann von einen Wimpernschlag zum anderen die Nacht. Dann wurde es kühl. Tanat schob noch einen Holzscheit in die Restglut nach und rollte sich dicht an der Feuerstelle ein. Er lauschte Greas Flötenspiel, einer Musik, die gut zur einsetzenden Dunkelheit passte, zu den Lichtern der Lagerfeuer der Ahnen am Himmel, zum säuselnden Wind. Mitunter ließ sich nicht mehr unterscheiden, wessen Stimme es war – der Wind oder Greas Rohrflöte. Entspannt schlief Tanat ein.

In aller Frühe wurde er von Chio dem Läufer geweckt. Chio hatte seine Jagdtasche und zwei Schilflanzen mit Knochenspitzen dabei und reichte Tanat stumm eine davon. Dann lief er voraus. Er kannte den Weg. Jedenfalls bis zu einer bestimmten Stelle. Er war weit und recht mühsam. Zunächst ging es am Ufer des Tabu entlang durch den Schilfsaum, dann einen rutschigen Hang entlang bis zu einem Punkt, an der sich die Schlucht weit zum Kessel öffnete und Einlass in den Urwald bot.

Der Tabu floss nun rechts von ihnen und sein Bett war wesentlich schmaler geworden. Woher er genau kam, ließ sich nicht ausmachen. Das Gelände war zerklüftet und von dichtem Kiefernwald überwachsen. An manchen Stellen floss Wasser in Rinnsalen von den Felsen. Dort wucherten üppig riesige Pflanzen von einer Art, wie sie Tanat nie zuvor gesehen hatte. In Mulden hatten sich Tümpel gebildet, in denen Frösche quakten. Libellen und bunte Schmetterlinge gaukelten über feuchte Plätze. Der Wald war von Vogelgesang erfüllt und duftete würzig. Wenn ein leichter Wind durch die Bäume strich, begannen die Nadeln an den knorrigen Ästen zu singen. Der Boden bestand aus bröckeligem Gestein und war rutschig auf den trockenen Nadeln. Man musste sehr vorsichtig gehen und jeden Schritt sorgfältig prüfen.

Als die Sonne über die Berge im Osten gewandert kam, erreichten sie den Zusammenlauf zweier Bäche, die wohl in den Tabu führten. Der eine davon war kristallklar, der andere von gelblicher Färbung. Chio stieg in den gelben Bach, durchwatete ihn, über Steine balancierend, und deutete nach links. Hier befand sich eine geräumige Mulde, in die eine glatt geschliffene Fallstufe frisches, klares Wasser führte. Hier legten sie eine Rast ein und badeten im kühlen Becken.

Danach wurde der Weg durch den gelben Bach etwas schwieriger. Hin und wieder mussten sie über die Uferfelsen klettern, um tiefere Wassertümpel zu umgehen. Schließlich führte der Bach zu einer Felswand von ungewöhnlichem Aussehen. Sie prangte in allen nur denkbaren Farben, als hätte jemand das Gestein und die daran wachsenden Pflanzen bemalt. Ein breiter, aber nur spärlich fließender Wasserfall sprühte mit feuchtem Nebel beständig seine Nässe darüber. Staunend betrachtete Tanat dieses Wunder der Natur. Auch Chio war vom Anblick beeindruckt.

»Bis hierher bin ich gekommen. Aber hier endet der Weg.«

»Glaube ich nicht«, antwortete Tanat, nachdem er ausgiebig die bunte Wand betrachtet hatte. »Schau mal: hier rechts an der Seite sind vorspringende Steine und Trittlöcher, die eine Treppe bilden. Wir könnten es probieren, noch höher hinauf zu steigen.«

Diesmal übernahm er die Führung und kletterte als erster vorsichtig und mit Bedacht jeden Schritt prüfend die Felswand hoch. Chio tat es ihm nach. Oben angekommen, fanden sie sich auf einer kleinen Hochebene wieder. Der gelbe Bach plätscherte spärlich auf seinem

Weg durchs Geröll. Gegenüber aber erhob sich der rotbraune Riese. Er reckte seine Gestalt aus dem Grün des Waldes und sah gar nicht mehr so aus, wie ihn Tanat vom Adlerstein her in Erinnerung hatte, sondern wirkte aus nächster Nähe gewaltig. Sein Körper war mächtig, sein Kopf auch und er trug offenbar eine hohe Mütze.

»Was ist das?«, flüsterte Chio.

»Kein menschliches Wesen. Und auch kein Geist«, antwortete Tanat. »Nur eine Felssäule. Aber von besonderer Art. Zu ihm fliegt immer der Adler. Es ist sein Fressplatz.«

»Was frisst er?«

»Schwer zu erkennen. Er hält die Beute fest in den Krallen, während er fliegt. Erst auf der Spitze des Felsens, von dem aus er alles gut überblicken kann, zerlegt er sie mit dem Schnabel.«

»Was du alles weißt!«, staunte Chio. »Offenbar siehst du mehr als ich.«

»Nur manchmal. Und nur bestimmte Dinge.«

»Ja, aber was genau? Was siehst Du noch, Der die Adler sieht?«

Chio der Läufer war von klein auf darin geübt, seine Umgebung genau zu betrachten. Wo befanden sich essbare Früchte, Pilze, Beeren? Die Fasern welcher Pflanzen eigneten sich zur Herstellung von Seilen? Aus welchen Ästen konnte man Beilstiele schlagen? All dies kannte er gut, alles, was sich erst aus der Nähe zu erkennen gab. Aber wie Tanat die Welt betrachtete, das war völlig anders. Dieser Weitblick! Als wäre er selber ein Adler … Wo andere auf den Boden starren, um die nächsten Schritte zu wählen, schien Tanat nur Augen für den Himmel zu haben, zu schweben, nahe den Wolken in

Höhen unterwegs zu sein, von denen Chio nicht einmal zu träumen wagte.

»Es gibt noch zwei weitere Wasserfälle. Wirklich große. Der Urwald ist riesig.«

»Hast Du auch Tiere gesehen?«

»Ja, Vögel. Raben, die mit knarrender Stimme sprechen.«

»Wie der da?«

Chio deutete zum Himmel, wo ein großer, schwarzer Vogel mit breiten Schwingen segelte.

»Bist du sicher, dass das nicht der Kulkul ist?«, fragte er leise.

Tanat wunderte sich. Er hatte seinen älteren Freund mutiger eingeschätzt.

»Der Kulkul ist unsichtbar«, lachte er. »So sagt es Mola. Den Vogel da oben aber kann man deutlich sehen. Also ist er da … Das ist ein männlicher Rabe. Hör mal auf seine Stimme. Er ruft sein Weibchen.«

Das erschien Chio einleuchtend, und er versuchte, indem er beide Augen zusammenkniff, eine Zeitlang wie Tanat zu schauen. Tatsächlich bemerkte er nun einen zweiten Vogel herannahen. Die beiden Tiere begrüßten sich kurz in der Luft, wobei es aussah, als würden sie kämpfen, und schwebten dann in einer Art Tanz zusammen über die Baumkronen. Tanat wusste: Der stolze Adler würde erst später am Nachmittag kommen, um genüsslich seine Beute zu zerlegen.

»Kannst du auch sehen, was hinter den hohen Bergen ist?«, fragte Chio nach einer Weile.

»Im Moment nicht. Aber in meinen Träumen schon«, antwortete Tanat.

»Und was siehst Du dann?«

»Wasser. Endloses Wasser. Ringsum ist nur das Meer. Wir sind auf einer Insel.«

Chio nahm es hin, ohne recht zu begreifen, was der Freund damit meinte. Insel, das große Wasser … allein der Gedanke daran reichte aus, um ihm einen kalten Schauer über den Rücken laufen zu lassen.

Plötzlich raschelte es dicht neben ihnen im Gebüsch. Chio sprang sofort mit der Lanze auf. Die Spitze stoßbereit vorgestreckt, tat er ein paar Schritte. Wieder raschelte es. Dann ging alles blitzschnell. Chio stieß mit der Lanze zu und erwischte das Tier. Es sah seltsam aus. Wie eine übergroße Eidechse oder ein kleiner Drachen.

»Das ist es also!«, rief Chio und präsentierte triumphierend seine erlegte Beute.

Im selben Moment donnerte der Himmel. Kurz nur grollend, aber heftig. Über den hohen Bergen im Osten trieben dunkle Wolken heran.

»Es wird bald regnen«, sagte Tanat. »Komm, lass uns einen wetterfesten Unterschlupf suchen.«

»Und Holz, solange es noch trocken ist. Wir sollten das Tier bald braten. Ich habe Hunger. Du nicht?«

Also zogen sie unterhalb der rotbraunen Felssäule weiter das flache Bett des gelben Baches hinauf. Chio trug die Beute auf seiner Schulter. Sie stießen auf den Eingang einer Höhle, die weit und tief in den Berg hineinführte. Es gelang ihnen gerade noch rechtzeitig, trockene Nadeln, Reisig und Holz einzusammeln, bevor starke Windböen auftraten und die dunklen Wolken über ihnen platzten. Es regnete so stark, dass sie die Feuerstelle weiter ins Innere der Höhle verlegen mussten.

Chio rührte geschickt den Feuerstab, den er in der Jagdtasche bei sich getragen hatte, zwischen den Händen.

Bald glomm auf dem Holz ein erster Glühpunkt auf. Tanat pustete ihn an und schob trockene Nadeln nach. Nach kurzer Zeit flackerte das Feuer auf. Jetzt brauchte man nur noch Holzscheite nachzulegen, damit eine richtige Hitze entstand. Chio zerschnitt mit dem Steinmesser das Fleisch und legte es auf heiße Steinplatten dicht am Feuer. Nach einiger Zeit war die Speise gar. Sie begannen, mit Genuss zu kauen.

»Schmeckt nicht schlecht«, lobte Chio. »Ein bisschen wie Ziege. Vielleicht sogar noch besser.«

Das musste auch Tanat zugeben. So ein kleiner Drache stellte ein wahres Festessen dar. Satt und zufrieden legten sie Holz nach, damit die Wärme blieb und das Licht. Draußen trommelte unermüdlich Regen nieder.

»Wir sollten noch mehr von diesen Tieren jagen«, meinte Chio. »Die Anderen im Dorf werden sich freuen, wenn wir so gutes Wildbret mitbringen.«

»Heute aber bestimmt nicht mehr«, sagte Tanat.

Der Regen schien sehr ergiebig zu sein und hörte mit Gewissheit so schnell nicht mehr auf. Außerdem würde bald die Dämmerung einsetzen. Das hieß, sie mussten die Nacht in der Höhle verbringen. Tanat dachte daran, dass nun der Tabu erneut anschwellen würde. Und der bunte Wasserfall. Vielleicht war ihnen inzwischen sogar der Rückweg versperrt.

Sie saßen schweigend beieinander, jeder in sich selbst versunken. Tanat packte einen Holzscheit, der bereits am vorderen Teil zu glimmender Kohle verbrannt war, und stand auf. Er ging auf eine Wand der Höhle zu. Der Schein des flackernden Feuers warf tanzende Schatten über den Felsen. Tanat sah plötzlich sich bewegende

Wesen. Es war fast so wie in der bemalten Höhle damals mit Mola und Gara am Tag der Namensfindung, als die Tiere an der Wand zu laufen begannen. Er sah einen großen schwarzen Vogel. Aber das war nur eine finstere Wölbung im Felsen. Und die übrigen Figuren tauchten so rasch auf und verschwanden wieder, dass sie unmöglich real vorhanden sein konnten.

Tanat führte nun den glimmenden Stab zur Wand und begann, schwarze Striche zu ziehen. Solche, die auf dem Felsen blieben und nicht so flatterhaft flüchtig tanzten. Zunächst einen waagerechten mit vier Beinen.

»Was machst Du da?«, fragte Chio, der ihn interessiert bei der Arbeit beobachtete.

»Das ist unsere Beute«, erklärte Tanat. »Ein kleiner Drache.«

Er trat einen Schritt seitwärts und malte weitere Striche auf die Wand. Zwei große senkrechte mit runden Punkten als Köpfe.

»Das bin ich«, sagte er. »Und daneben, das bist du. Weil wir beide die Höhle entdeckt haben.«

»Aha«, brummte Chio und kraulte nachdenklich durch seinen Bart. »Aber da ist ja noch was. Der kleine Strich daneben.«

»Das ist Mola«, sagte Tanat, als sei es das Selbstverständlichste der Welt.

»Aber die Frau mit den drei Augen ist doch gar nicht hier.«

»Doch. In Gedanken ist sie immer dabei. Sie beschützt uns. Sie ist Abora.«

Insgeheim aber dachte Tanat, was er nicht auszusprechen wagte: Es könnte auch Mira sein ... Bei Abora, warum ist es nicht Mira?

»Du bist mir schon ein komischer Vogel!«, lachte Chio und legte sich schlafen.

Er verstand nicht so genau, was Tanat meinte. Der Junge hatte im Schilfwald lange in der Hütte der Schamanin gelebt. Das färbte wohl ab. Vielleicht war er deshalb manchmal so sonderbar ...

Und tatsächlich waren Tanats Gedanken das auch, die er für sich behielt und nicht aussprach: Vielleicht kommen einmal, lange nach uns, in vielen tausend Jahren, durch Zufall oder Fügung, andere Menschen in diese Höhle. Dann sehen sie uns. Und staunen, wie ich damals bei den gemalten Tieren aus der Vorzeit gestaunt habe. Hier waren Der die Adler sieht und Chio der Läufer. Sie haben einen Drachen erlegt und stehen unter dem Schutz von Abora ...

Tanat saß noch lange an der Glut und betrachtete die Zeichnungen an der Wand, bis er sie in der Dunkelheit nicht mehr erkennen konnte. Draußen strömte in großen Mengen der Regen. Die Bäche und der Tabu würden anschwellen, so viel war sicher.

19
Das Zusammentreffen

Auch am nächsten Morgen regnete es in Strömen und das schlechte Wetter hielt den ganzen Tag über an. Es war unmöglich, die Höhle zu verlassen. Also richteten sie sich auf eine zähe, langweilige Zeit im Halbdunkel ein. Sie machten kein Feuer, sparten das Holz für die Nacht und aßen das restliche Fleisch des Drachen. Es schmeckte auch kalt. Chio der Läufer lauschte schweigsam und nachdenklich dem monotonen Rauschen des Regens. Auch ohne den Wasserstand des gelben Baches an Ort und Stelle überprüfen zu können, war ihm bewusst, dass ihnen der Rückweg versperrt war. Der bunte Wasserfall! Der wild fließende Tabu! Er fand keine Lösung. Chio döste eine Weile vor sich hin und schlief dabei ein. Das war das Beste, was er in einer solchen Situation tun konnte.

Tanat indes fand keinen entspannten Schlaf. Immer wieder suchten ihn Traumfetzen heim. Auch solche, die er längst vergessen glaubte. Aus der Zeit, bevor ihn Mola fand und im Stamm aufnahm. Schemenhaft tauchten Bilder auf.

Gesichter, an die ein Rest von Erinnerung tief in ihm rüttelte. Wer waren diese Leute? Seine Eltern, sein alter Stamm? Was war mit ihnen passiert? Warum war sein Gedächtnis so leer? Alles was vorher war, in seiner frühen Kindheit, schien wie ausgelöscht. Und dennoch klopfte sein Herz wild beim Erwachen.

Er sah Chio zusammengerollt schlafen. Gleichmäßig sein Atem. Sonst war nur das Rauschen des Regens zu hören. Obgleich nur spärlich Licht in den Höhleneingang fiel, konnte Tanat noch deutlich die Figuren an der Wand erkennen. Sie tanzten nicht wie im Schein der zuckenden Flammen, sondern standen starr und unbeweglich an der Wand. Kein Regen der Welt würde sie hier vom Felsen waschen ...

Er schreckte kurz hoch, als Chio zu schnarchen begann. Der lag jetzt mehr auf den Rücken gedreht und sein offener Mund entließ stoßartig die Luft. Was er wohl träumte?

Am folgenden Morgen fiel zaghaft erstes Licht in den Eingang der Höhle. Die dunklen Wolken waren verzogen. Als Tanat ins Freie trat, sah er einen in allen Farben leuchtenden Regenbogen in breitem Bogen über den Urwald prangen. Sie brachen sofort auf.

»Wir müssen einen Weg weiter oben suchen«, sagte Tanat. »Am Rand des Time.«

Sie überquerten einen Bergrücken, stiegen in eine Schlucht, in der noch Feuchtigkeit stand und in zarten Nebelschleiern aufstieg. Üppiges Grün wucherte hier, unbekannte Pflanzen von seltsamer Form. Chio blieb des Öfteren stehen, um ihren Duft einzuatmen, der so ganz anders war als der würzige Geruch des Waldes. Plötzlich hörten beide wieder dieses bestimmte Rascheln, das sie schon kannten. Ein kleiner Drache bewegte sich durchs Dickicht und brachte auf seinem Weg Pflanzenstengel in Bewegung. Sofort setzte ihm Chio, der Läufer, nach. Mit zwei, drei Sprüngen erreichte er die Stelle und stach mit der Lanze zu. Aber das Tier verhielt sich geschickt. Es wich seitwärts aus, erreichte einen Felsbuckel und verschwand dort in einer Spalte.

»Die Biester sind schnell«, sagte Chio.

Er überlegte, ob er bei der Felsspalte bleiben und auflauern sollte, verwarf dann allerdings den Gedanken. Es würde sinnlos sein. Die Tiere bewegten sich nicht nur äußerst flink, sie waren offensichtlich auch klug.

Sie stiegen nun aus der Senke heraus, am Rand eines Bergrückens hoch, überquerten eine kleine Ebene mit dichtem Baumbewuchs und jenseits wieder hinab in Richtung des Time. Dort stießen sie auf einen zwischen Geröll plätschernden Wildbach, der sich leicht über Sprungsteine überwinden ließ. Hier tranken sie und erfrischten sich. War das der Ursprung des Tabu? Wahrscheinlich nur einer davon, denn unterwegs hatten sie festgestellt, dass zahlreiche größere und kleinere Rinnsale ihre Wasser aus den Bergen zu Tal schickten. Überall tropfte und gluckerte es. Ansonsten war es ruhig am Bach. Kein Windhauch bewegte die Blätter des Buschwerks. Bunte Libellen flogen dicht über das Wasser. Irgendwo quakten Frösche in einer Pfütze und kleine, unscheinbare, aber laut kehlig trällernde Vögel hüpften durch das Gezweig. Ein schöner Platz zum Ausruhen. Wild und einladend zugleich.

Plötzlich vernahmen sie den harten, schrillen Ruf eines Falken. Ein Falke? Hier? Das war ungewöhnlich. Normalerweise segelten diese Vögel hoch an den Felsen entlang. Hier im Urwald hatten sie bisher keinen gesehen.

Dann knackte es vernehmlich zwischen den Bäumen. Chio und Tanat sprangen sofort auf und griffen nach ihren Lanzen. Da ertönte ein zweites Mal der Falkenruf.

Und dann trat eine Gestalt aus dem Dickicht. Eine Frau, die kampfbereit ihre Lanze hielt.

Mira ...

Tanat glaubte sich in einem außergewöhnlich deutlichen Traum zu befinden. Er stand da wie erstarrt. Sah er ein Wunschbild, eine Spukerscheinung? Nein. Es war tatsächlich Mira. Wie war das nur möglich?

Mira ließ die Lanze sinken, sie entglitt ihrer Hand. Mit weit aufgerissenen Augen starrte sie Tanat an. Ein Beben lief durch ihren Körper. Er ging langsam ein paar Schritte auf sie zu, dann entschieden schneller. Er schloss sie in seine Arme, nannte sie zärtlich beim Namen.

»Du lebst ...«, flüsterte sie mit tonloser Stimme.

Sie schmiegte sich an ihn und küsste seine Stirn. Es war ihr unmöglich weiterzusprechen. Zu überwältigend war das Zusammentreffen. Was Mira, die mutige Wächterin, sonst nie tat, brach nun mit Wucht aus ihr heraus: Sie weinte hemmungslos. Es war eine Befreiung. Tanat streichelte ihre Wangen und küsste die salzigen Tränen weg. So standen sie eine Weile, dich aneinandergeklammert wie Ertrinkende, liebkosten und streichelten sich, flüsterten sich Zärtlichkeiten ins Ohr.

Chio der Läufer wagte nicht zu stören. Schweigend stand er da, auch er fassungslos über das Ereignis. Da gab es erneut eine Bewegung im Buschwerk. Eine weitere Gestalt trat zwischen den Bäumen hervor. Es war Ceo der Jäger. Auch er war überrascht und verwirrt.

»Wo kommt ihr her?«, rief er beim Herannahen. »Wart ihr bei dem sprechenden Riesen?«

»Was meinst du damit?«, fragte Chio zurück. »Sprichst du von der rotbraunen Felsensäule, die wie ein großer Mensch aussieht?«

»Ja. Aber er ist weitaus mehr. Er ist die Säule des Himmels. Er stützt die Welt über uns, an der nachts die Lagerfeuer der Ahnen brennen. Er ist mächtig. Man darf sich ihm nur vorsichtig nähern.«

»Warum nennst du ihn einen sprechenden Riesen? Redet er? Kann man seine Stimme verstehen?«

»Nein. Nur undeutlich. Es ist mehr ein Raunen und Brummen. Aber die Frau mit den drei Augen könnte sich wohl mit ihm unterhalten. So glauben wir jedenfalls ... Lebt sie noch? Geht es ihr gut?«

Chio nickte benommen. Ihm schwirrte der Kopf. Was redete dieser Jäger da bloß? Überhaupt ... dieses plötzliche Wiedersehen der Totgeglaubten ...

Am Ufer des Baches hockten sie sich im Kreis zusammen. Immer wieder berührten sich ihre Hände, um sich zu vergewissern, dass die Anderen keine Einbildung, tatsächlich vorhanden und keine Geister waren.

»Wir haben gedacht, euch hätte das große Wasser verschlungen«, sagte Ceo der Jäger.

»Das gleiche haben wir auch von euch angenommen. Ihr wart plötzlich verschwunden.«

»Ja, diese Nacht war wirklich die schlimmste unseres Lebens«, seufzte Ceo. »Wir dachten, sie würde unser aller Ende bedeuten.«

Es war ihm anzumerken, wie stark die Erinnerung daran hochkam. Sein linkes Augenlid zuckte unkontrolliert.

»Der Sturm griff nach uns und zerbrach die Masten und Segel. Wir klammerten uns nur noch am Schilf fest. So trieben wir hilflos über das große Wasser ... Schließlich sind wir an einer Felsküste gestrandet. Unsere Boote wurden von den Wellen auseinandergerissen. Wir mussten uns schwimmend ans Ufer retten ...«

»Abora muss mit uns gewesen sein, denn wie durch ein Wunder überlebten es alle«, sagte Mira.

Mit Schaudern dachte sie an jene Nacht in der winzigen Bucht zurück, wo es nur eine einzige Höhle gab, in die sie sich kauerten, während der wütende Sturm um sie tobte und das Meer zu hohen Wellenkämmen aufwühlte. Das Wasser schwappte bis zum Rand der Höhle, die Gischt sprühte sie nass. Sie hockten frierend da und bangten um ihr Leben, hofften, dass nie eine größere Woge käme und sie allesamt fortgespült würden wie Krabben von den Felsen.

»Da konnten wir auf keinen Fall bleiben«, setzte Ceo der Jäger seinen Bericht fort. »Also sind wir am nächsten Tag einen gefährlichen Felsklamm hochgestiegen. Weiter, immer weiter, nur weg vom Meer. Viele Tage sind wir über die Bergrücken ins Hochland gewandert, haben auf dem langen Marsch Schluchten durchquert, bis wir endlich auf den großen Kessel stießen. Den Acero, wie ihn Xaca nennt. Er sagt, das Wort käme aus der alten Sprache und brächte uns Glück ... Wir suchten lange und fanden schließlich an einer Stelle einen Abstieg in den Urwald. Seitdem leben wir hier. Die Leute von unserem Stamm wollen vom Meer nichts mehr wissen. Nach all dem, was passiert ist ...«

»Das kann ich gut verstehen«, stimmte Chio der Läufer zu.

Nun war die Reihe an ihm, zu berichten. Er erzählte von ihrer Ankunft, der Bucht, der Schlucht und dem Leben im Höhlendorf.

»Hier im Urwald haben wir alles, was wir brauchen«, sagte Ceo der Jäger. »Es gibt trockene Höhlen, im Bach frisches Wasser und wir haben ausreichend zu essen. Wir jagen die großen Echsen. Ihr Fleisch schmeckt köstlich. Und es gibt Früchte und Beeren im Überfluss.«

»Außerdem backen wir Brot«, ergänzte Mira.

»Brot? Habt ihr denn Mehl?«, fragte Chio erstaunt.

»Hier wächst überall ein Kraut, das wir Farn nennen. Wir graben die Wurzeln aus.«

»Kann man das essen?«

»Nicht roh, sonst bekommt man Magenkrämpfe und Durchfall. Wir rösten die Wurzeln am Feuer und zermahlen sie. Dann sind sie genießbar.«

Es waren erstaunliche Neuigkeiten, die sie da erfuhren. Chio nahm sich vor, bei ihrer Rückkehr ins Dorf, gleich der Medizinfrau davon zu berichten. Frisches Brot wäre nicht schlecht, zumal sie seit Wochen und Monaten nichts anderes mehr als Fisch und Meeresfrüchte aßen. Selten mal Ziege. Und wenn er an das zarte Fleisch der kleinen Drachen dachte, lief ihm das Wasser im Mund zusammen. Dieser Jagdausflug hatte sich in jeder Beziehung gelohnt.

Der überglückliche Tanat konnte die Augen nicht mehr von Mira lassen. Sie war noch schöner, als er sie in Erinnerung hatte. Sonnenlicht flutete über ihr Haar und ließ es glänzen. Sie war die schönste Frau, die er jemals gesehen hatte. Und dass sie die Tochter von Xaca, dem Mencey des anderen Stammes, war, spielte für ihn überhaupt keine Rolle.

»Und jetzt?«, fragte Chio der Läufer. »Bleibt ihr nun hier oder werdet ihr weiterziehen?«

»Auf keinen Fall!«, antwortete Ceo der Jäger. »Keiner von uns wird sich jemals wieder hinaus auf das große Wasser wagen. Das haben wir uns geschworen.«

»Außerdem sind alle Boote zerstört. Wir werden nie wieder welche bauen«, fügte er hinzu.

»Bei uns in der Schlucht wächst Schilf. Am Flussufer entlang. Nicht so viel wie bei uns damals im Schilfwald. Aber es würde reichen ...«

Ceo schüttelte energisch den Kopf.

»Nein, das ist vorbei: Wir wollen nichts mehr vom großen Wasser wissen. Wir gehen auch nicht fischen. Das geht nicht. Das Meer ist viel zu weit weg. Und in den Bächen ist nichts zu finden. Jagdbares Wild gibt es auch nicht. Aber das macht nichts. Hier im Urwald wimmelt es nur so von Drachen.«

»Und du denkst auch so wie dein Stamm? Du willst nicht mehr weg von hier?«, fragte Tanat Mira.

Sie zögerte.

»Ich weiß es nicht«, antwortete sie dann. »Ich streife ja viel mit den Jägern im Gelände herum, sehe unterschiedliche Orte. Es ist überall schön.«

»Seid ihr nie auf den Gedanken gekommen, den Fluss weiter bis zur Bucht zu laufen?«, fragte Chio der Läufer. »Ihr hättet uns dort gefunden ...«

»Niemals«, antwortete Ceo der Jäger. »Seitdem wir hier sind, haben wir den Urwald nicht verlassen ... kommt, lasst uns gehen. Die anderen warten bestimmt schon auf uns.«

Sie brachen auf und stießen nach kurzer Zeit auf eine Anhöhe, wo Texo, Teno und Lobo unter Bäumen schliefen. Bei ihnen lagen die Körper von drei erlegten Drachen. Die Beute. Wild sahen Xacas Söhne aus mit ihren zottigen Haarmähnen und Bärten. Sie sprangen sofort auf und rieben sich verwundert die Augen, als sie Tanat und Chio erblickten. Die Beiden hoben die Hand zum Freundschaftsgruß. Er wurde erwidert, obgleich keiner der Jäger begriff, was hier vor sich ging.

»Kein langes Gerede jetzt. Dafür ist nachher Zeit«, sagte Ceo, »kommt lasst uns schnell zum Dorf zurückkehren. Da können wir alles besprechen.«

Texo, Teno und Lobo luden die Echsen auf ihre Schultern und folgten den Anderen. Sie zogen am Bachlauf entlang, sahen in der Ferne einen Wasserfall von den hohen Bergen fließen und erreichten im Kiefernwald eine versteckt liegende Ebene mit großen Höhlen am Hang. Sie wurden herzlich und lautstark begrüßt, als die Leute vom Stamm sich nach und nach versammelten. Xaca beklopfte ausgiebig die Schultern von Chio und Tanat nach Ringerart. Er rüttelte an ihnen.

»Dass ihr da seid! Dass ihr lebt!«

Die große Feuerstelle wurde vorzeitig entfacht und man lud die Beiden ein, im Kreis zu sitzen, zu erzählen und mit ihnen das Essen zu teilen. Natürlich wurde es eine lebhafte Unterhaltung. Jeder hatte etwas beizutragen, musste die Eindrücke von der Ankunft ausführlich schildern. Wie zuvor übernahm Chio der Läufer die Berichterstattung und auf der anderen Seite des Feuerkreises Xaca, der Mencey.

Tanat schwieg, ebenso Mira, die dicht neben ihm saß und das Glück immer noch nicht recht fassen konnte. Stumm dankte sie Abora dafür. Ja, Tanat war der richtige Mann. Das hatte sie immer schon gewusst. Wie lange hatte sie auf ihn gewartet, war verzweifelt gewesen, als sie sich ohne die anderen Boote wiederfanden. Eine Zeitlang glaubte sie, dass sie Tanat für immer verloren hatte. Dass er tot sei. Aber in ihren Träumen lebte er noch. Das gab Hoffnung. Und nun saß er bei ihr, und das Schicksal hatte sich zum Guten gewendet ...

Es wurde endlos geredet an diesem Abend, bis in die warme, sternenklare Nacht hinein. Xaca wollte alles genau wissen. Jedes Detail interessierte ihn.

»Dann könnten wir uns also gegenseitig besuchen?«, fragte er.

»Ja, wenn der Fluss nicht mehr so viel Wasser führt«, antwortete Chio. »Man müsste am Rand der Felsen auf einem Saumpfad vorbeikommen. Wir werden morgen den richtigen Weg dafür suchen.«

Tanat und Mira sonderten sich ab in die Dunkelheit und suchten sich in einer Mulde mit weichen Nadeln ein Bett.

Am nächsten Vormittag brachen Chio und Tanat schweren Herzens auf und machten sich auf die Suche nach einem passierbaren Übergang zur Schlucht. Mira die Wächterin, Ceo der Jäger und Texo, Teno und Lobo begleiteten sie. Nach einiger Kletterei fanden sie tatsächlich eine Möglichkeit oberhalb des Tabu. Es war, wie sich herausstellte, nur ein relativ kurzes Stück, das Schwierigkeiten bot. Man musste trittsicher sein und durfte nie nach unten in die Schlucht blicken. Dann führte der schmale Grat hinab in Richtung des Saumpfades am Ufer des Flusses. Sie erreichten ihn bald und merkten, dass der Tabu an seinem Rand einen Weg für sie frei gelassen hatte.

Hier trennen sich die beiden Gruppen. Noch einmal umarmten sich Mira und Tanat innig und sprachen sich heimlich Dinge ins Ohr, die niemand der Anderen hören durfte.

»Jetzt wisst ihr Bescheid«, meinte Chio. »Wenn ihr hier weiter entlang geht, kommt ihr zu uns in die Bucht.«

»Ich hoffe, wir treffen uns bald wieder«, meinte Ceo zum Abschied. »Entweder bei uns oder bei euch.«

»Das hoffe ich auch.«

Am sehnlichsten von allen aber wünschten es sich Tanat und Mira.

Noch ein kurzer Gruß mit der Hand, dann lief Chio los, und Tanat musste ihm folgen. Den ganzen langen Weg über schwiegen sie, bis sie die Bucht und ihr Dorf am Time erreichten.

20
Vollmond

Chio der Läufer hatte bei seinem letzten Streifzug einen Baum mit dunkelgrünen Blättern und rotbraunen Früchten entdeckt. Er kannte sich ja gut aus mit Beeren und Früchten, aber solche hatte er noch nie gesehen. Etwas hinderte ihn daran, sofort davon zu kosten. Er ließ die ausgestreckte Hand sinken, betrachtete nachdenklich den Baum. Dann entschloss er sich, eine kleine Menge zu pflücken und in seiner Jagdtasche zu verstauen. Er brachte sie zu den Frauen. Die verhielten sich in letzter Zeit etwas merkwürdig. Sie tuschelten oft mit zusammengesteckten Köpfen, kicherten, lachten, obgleich für einen Mann der Grund nicht erkennbar war.

»Was sind das für Früchte?«, fragte er Ula und zeigte die gefüllte Tasche.

Ula und auch die anderen Frauen wussten damit nichts anzufangen und schickten ihn zu Mola. Bea die kleine Blume und ihre stille Schwester Nada sahen genau zu, wie die Medizinfrau die unbekannten Früchte mit ihrer Nase schnüffelnd prüfte. Sie nahm mit spitzen Fingern eine Probe in den Mund, zerquetschte sie zwischen den zahnlosen Gaumen und ließ sich mit einer Handbewegung von Nada die Holzschale bringen. Nada kannte diese Gesten. Sie sprang rasch auf, füllte die Schale mit Wasser und brachte sie der Alten. Mola nahm einen Schluck und gurgelte den süßen Saft im Mund herum.

Chio hockte in der Nähe auf einem Sitzstein und beobachtete gespannt ihre Reaktion.

»Ist das Rauschsaft?«, fragte er.

Insgeheim hatte er es erhofft und erwartet.

Mola nickte und gurrte wie eine Taube.

»Mocan«, sagte sie, als sie wieder sprechen konnte in der alten Sprache, die der Kulkul ihr einflüsterte. »Schmeckt ein bisschen wie der aus dem Buschland damals. Aber doch anders ... Du musst ihn mit viel Wasser verdünnen und bis zum Vollmond stehen lassen, damit es sein volles Aroma entfalten kann.«

»Was ist Mocan?«, fragte Bea die kleine Blume.

»Das weiß ich auch nicht«, antwortete die Frau mit den drei Augen und überraschte mit dieser Aussage alle. »Ich habe die Früchte bisher nur in meinen Träumen gesehen und sie nie zuvor gekostet. Ich rate dir aber: Trink nicht zu viel davon, sonst wirst du einsam. Wenn, dann trinkt alle gemeinsam.«

Das war wieder einmal so einer von Molas vieldeutigen Orakelsprüchen. Chio der Läufer, Nada und Bea die kleine Blume schwiegen verwirrt.

»Was soll ich also machen?«, fragte Chio zaghaft.

»Weiter sammeln und aufheben für das große Fest«, antwortete Mola und verwirrte die Drei noch mehr, denn bisher war nie von einem Fest die Rede gewesen. Vielleicht brachte die Medizinfrau die Zeiten durcheinander. Oder sie sprach trunken vom Saft ... Wie auch immer – Chio der Läufer folgte ihrem Rat, ohne weiter darüber nachzudenken und sammelte die rotbraunen Früchte vom Baum.

Das Gerücht vom bevorstehenden Fest machte rasch die Runde. Zuerst bei den Frauen. Hatte Bea die kleine Blume geplaudert oder Nada? Niemand wusste es genau. Es war auch egal. Das Thema bot auf jeden Fall genug Gesprächsstoff. Abends beim gemeinsamen Essen am großen Feuer griff Agar den Gedanken auf, den ihm seine Frau Ula zuvor eingepflanzt hatte.

»Wir werden ein großes Fest feiern«, verkündete er. »Zum nächsten Vollmond.«

»Ein Fest? Was für ein Fest?«, riefen die Kinder aufgeregt. ä

Ula zog kritisch die Stirn kraus. Was würde ihr Mann weiter sagen? Alles oder nur einen Teil? Aber sie schwieg. Sie wusste ja mehr. Sie dankte Abora dafür.

»Dafür gibt es eine Reihe guter Gründe«, sagte Agar mit tiefer Stimme und wichtiger Miene. »Erstens sind unser Sohn Gara der das Meer riecht und Tazos Tochter Grea die mit den Augen lächelt nun ein Paar. Das gilt es zu feiern.«

Und Grea ist schwanger, dachte Ula. Aber sie sprach es nicht aus. Agar würde ein stolzer Großvater werden und der Stamm wachsen …

»Und Tanat der die Adler sieht wird Xacas Tochter Mira die Wächterin zur Frau nehmen. Eine doppelte Hochzeit also. Mira wird ihren Stamm verlassen und zu uns ziehen.«

Die zustimmenden Gesichter der Anwesenden gaben ihm Recht, dass er wirklich eine gute Rede hielt.

»Darüber hinaus wollen wir das Überleben des anderen Dorfes feiern. Unser aller Überleben.«

»Abora sei Dank!«, rief Gazma und warf andächtig die Arme hoch, als würde sie die Sonne begrüßen.

»Durch Tanat der die Adler sieht und Mira die Wächterin werden unsere beiden Stämme noch enger verbunden«, setzte Agar seine Ansprache fort. »Das bedeutet Austausch, Handel, Glück und Frieden für alle … Wir können auch das Fest des Ringkampfes damit verbinden, um ein deutliches Zeichen zu setzen …«

Einige der Männer brummten spontan ihre Zustimmung.

Aha, jetzt kommt es, dachte Ula. Natürlich der Ringkampf! Wie könnte es anders sein? Agar musste sich unbedingt mit Xaca messen. Und die Anderen untereinander auch. Dieser Trieb saß so tief in den Kerlen verborgen, sie konnten nicht anders … Aber Ula schwieg diesmal auch dazu. In ihrem Kopf gingen ganz andere Gedanken herum. Planungen, die sie als bald mit den Frauen und Mädchen besprechen musste.

Mola hockte beinahe teilnahmslos mit im Kreis und zerkaute genüsslich in ihrem Mund eine rote Frucht zu Brei. Ihre Zunge fuhr mit Entzücken um die Kerne herum. Ja, es würde ein Fest geben, ein großes, fröhliches Fest. Und sie würde wie stets das erste Stück Leber einer geschlachteten Ziege erhalten. Mit diesem Gedanken schlummerte sie im Sitzen ein, während im Kreis weiter diskutiert wurde. Besonders die Einzelheiten und Chancen beim Ringkampf. Diesmal musste unbedingt auch Gara antreten und dem Stamm Ehre machen. Ob nun Hochzeit oder nicht – vor dieser Pflicht konnte er sich nicht mehr drücken.

Die verbleibenden Tage bis zur Mondfülle waren mit Vorbereitungen zum großen Fest angefüllt. Chio der Läufer wurde zu Xaca geschickt und kam mit erfreulicher Nachricht zurück. Ja, sie würden kommen. Aber nicht alle. Nur die, die sich den gefährlichen Weg an der Klamm zutrauten. Auf jeden Fall die gesamte Familie von Xaca. Seine wunderschöne Frau Cara, er, die drei Söhne Texo, Teno und Lobo, sowie Ceo der Jäger. Und natürlich die eigentliche Hauptperson: Mira. Die übrigen von Xacas Stamm, die Daheimgebliebenen, vor allem die, die nie mehr das Meer sehen wollten, versprachen, Gastgeber des nächsten Festes zu sein. Diesmal im Urwald.

Für Tanat, der nicht begleiten durfte, verliefen die Tage mit zähem Warten. Er schnitzte, zusammen mit dem kleinen Como, ein paar Schilfstengel zu Lanzen, versah sie mit Knochenspitzen und Harpunen und vertrieb sich so die Zeit. Während der Arbeit plapperte Como ununterbrochen und löcherte Tanat mit Fragen der verschiedensten Art. Der hörte nur noch halb hin, brummte ab und zu Antwort, die aber nicht ausreichte, um die Neugier des Jungen zu befriedigen.

»Wir werden bald mal zusammen auf die Jagd gehen«, sagte er. »Chio, du, Mira und ich. Dann wirst du alles erfahren. Wenn wir Drachen jagen wollen, brauchen wir gute Waffen.«

»Darf ich einen erlegen?«

»Die Tiere sind schnell. Wenn du das schaffst, hast du einen neuen Namen verdient.«

»Welchen?«

»Du wirst dann nicht mehr der kleine Como sein, sondern Como der den Drachen bezwingt.«

»Wann wird das sein?«, fragte der Junge aufgeregt.

»Nach dem großen Fest. Wenn wieder Ruhe eingekehrt ist. Ich verspreche es dir.«

Er hörte nicht mehr, was Como weiter redete und versank in die Tiefen seiner eigenen Welt. Einen kurzen Moment lang sah er in seiner Erinnerung, wie der kleine Kerl wagemutig von Boot zu Boot zu ihm gesprungen kam.

Danach dachte er nur noch an Mira ...

Dann kam der lang ersehnte Tag, an dem die Leute aus dem Urwald über der Klamm stiegen. Mira ging an der Spitze der kleinen Gruppe. Da sie das erste Mal hinab in die Schlucht zogen und dem Weg noch nicht recht vertrauten, ging es nur langsam voran. Gegen Nachmittag erreichten sie die Öffnung zur Bucht. Tanat wartete mit klopfendem Herzen. Er war aufgeregt. Würden sich nun seine Träume erfüllen, seine Sehnsucht einen Ankerplatz finden?

Es hielt ihn nicht länger, er lief ihnen entgegen. Als er vor Mira stand und in ihr strahlendes Gesicht blickte, wusste er, dass nun alles gut werden würde. Sie umarmten sich diesmal nicht, sondern legten beide Handflächen gegen die des Anderen. Sie verharrten in dieser Position und ließen die Energie durch ihre Körper fließen. So verhalten sich Mann und Frau, wenn sie sich gegenseitig Treue schwören. Diese Geste muss für alle deutlich sichtbar sein und geschieht in dieser Form nur einmal. So war es schon immer, lange schon vor ihrer Zeit.

»Ich nehme dich zur Frau«, sagte Tanat der die Adler sieht.

»Ich nehme dich zum Mann«, sagte Mira die Wächterin laut und deutlich.

Jetzt waren auch Gara und Grea bei der Gruppe, Ula und Agar, alle kamen und umarmten die Menschen aus dem Urwald. Abora hatte sie gerettet. Wie auch sie. Sie lebten und waren durch ein gemeinsames Schicksal verbunden ...

Die Gäste wurden zur großen Feuerstelle geführt, die an einer ebenen Stelle in der Bucht angelegt worden war. Hier standen alle Köstlichkeiten der Welt zum Essen bereit: ein Ferkel am Spieß, eine frisch geschlachtete Ziege, eine Auswahl an Fischen und Muscheltieren, Suppe und würzige Kräuter. Texo und Teno, die jeweils einen Drachen auf den Schultern trugen, legten ihre Beute dazu. Lobo machte sich sofort ans Zerlegen und bereitete – unter Atogs kritischem Blick – das Fleisch für das Garen auf heißen Steinen vor.

Besonders eindrucksvoll geriet das Zusammentreffen von Agar und Xaca, die eigentlich Erzrivalen waren, nun aber nicht aufhören konnten, sich gegenseitig wohlwollend die Schultern zu beklopfen. Auch ohne Worte wusste jeder Ringer, was das bedeutet.

»Morgen mittag, wenn die Sonne am höchsten steht und wir alle ausgeschlafen haben, findet der Ringkampf statt!«, rief Agar. »Es wird ein fairer Wettstreit werden. Der alte Echey ist Richter.«

»Der? Hört er denn noch was?«, fragte Xaca.

»Nein«, antwortete Agar. »Aber er besitzt noch immer erstaunlich gute Augen. Er übersieht keinen Fehler.«

»Fünf gegen fünf?«

»Einverstanden. Ihr könnt euch beraten, wen ihr gegen wen antreten lasst«, sagte Agar mit einem breiten Grinsen im Gesicht. »Aber es wird euch nicht viel nützen. Wir sind besser!«

»Das werden wir noch sehen. Warte ab, bis es so weit ist.«

»Morgen mittag«, sagte Agar, und Xaca rüttelte freundlich aber fest an seiner Schulter. Eine kleine Probe. Agar geriet nicht ins Wanken. Er stand fest und sicher da, ohne einen Deut zu schwanken. Er fühlte sich bereits als Sieger.

Wer nun glaubt, nur Frauen reden viel, der irrt sich gewaltig. Die Männer waren genauso. Es gab außerordentlich viel zu besprechen. Zum Beispiel, ob man nicht gemeinsam auf die Jagd gehen sollte. Oder zumindest die Beute austauschen. Drachen gegen Ziegenfleisch. Damit auf beiden Seiten der Schlucht Abwechslung auf den Speiseplan kam. Fisch und Meeresfrüchte lehnte Xaca dankend ab. Das erinnerte ihn zu sehr an das Elend auf dem großen Wasser. Cara und Mira waren da anderer Ansicht, was zu einem kleinen Streit zwischen Tazo dem Fischmann und Xacas Söhnen führte. Aber das war schnell behoben, als Chio der Läufer mit dem Rauschsaft kam. Es gab etliche Krüge davon und zahlreiche aus Erde gebrannte Schalen, die herumgereicht wurden. Die Wirkung des Getränks setzte bald ein und brachten alle, die davon kosteten, in ausgelassene Stimmung. Die Kinder tobten, vom Verhalten der Erwachsenen angesteckt, grölend herum und veranstalteten allerlei Schabernack. Erst als alle satt waren und trunken und die ersten erschöpft an der Feuerstelle einschliefen, kehrte allmählich etwas Ruhe in der Bucht ein.

Wie nach dem Gelage fast schon zu erwarten war, konnte am nächsten Tag kein Wettkampf stattfinden. »Mir brummt der Schädel«, sagte Agar und beugte seinen Kopf tief in das kalte Wasser des Tabu.

»Mir ist schwindelig«, meinte Xaca. »Es kommt mir vor, als wenn der Boden unter mir schwankt.«

»Das sind keine guten Bedingungen für einen Wettkampf«, stimmte Agar zu. »Wir sollten uns heute ausruhen, nichts tun außer reden und am Abend noch mal kräftig essen. Es ist ja immer noch Vollmond. Also können wir die Sache auch auf morgen verschieben.«

»Eine gute Idee«, stimmte Texo zu, der sich ähnlich matt fühlte wie viele der Männer. »Am besten schlafe ich noch ein bisschen im Schatten.«

Das wollten seine jüngeren Brüder Teno und Lobo auch. Die Sonne stand bereits über der Schlucht und brannte, wie schon in den Tagen und Wochen zuvor, am wolkenlosen Himmel. Sie suchten sich einen Platz im Schilfgürtel. Dabei mussten sie an den Frauen vorbei, die sich am Flussufer wuschen. Ein interessanter Anblick. Die Beiden taten so, als würden sie die mit Wasser spritzenden, lachenden Frauen und Mädchen ignorieren. Aber sie schlichen betont langsam vorbei und wagten heimliche Seitenblicke. Teno gefiel Nada und Lobo fand Mara am schönsten. Aber natürlich redeten sie nicht darüber. Schweigend und in süße Gedanken versunken, tappten sie zu einem schattigen Platz, streckten stöhnend die Glieder aus und fielen sofort in tiefen Schlaf. Dem kleinen Como, der zu viel vom Rauschsaft genascht hatte, ging es weniger gut. Er hatte sich mehrfach übergeben und verzog sich deshalb verschämt ins Gebüsch. Auch sein Vater Cuperche und einige andere Männer spürten deutlich die Nachwirkungen des Tanks. Ihre Beine waren schwer, und sie fühlten sich schwach wie Greise. Unter diesen Umständen konnte man unmöglich ringen. Sie waren froh, dass der Wettkampf verschoben wurde.

Aber am Tag darauf, als sie sich alle wieder einigermaßen erholt hatten, begann das Ereignis. Auf dem ebenen Gelände nahe der Feuerstelle war ein kreisrunder Platz angelegt worden, mit Sand aufgefüllt und von Muschelschalen und kleinen Kieseln umgrenzt. Diese Arbeit hatten Tage zuvor bereits die Kinder unter Agars Anleitung mit Begeisterung ausgeführt. Besonders der weiche Sand war wichtig, damit ein Aufprall beim Sturz abgefedert wurde.

Der alte Echey, dem als Dorfältester die Rolle des Richters zufiel, kam gemessenen Schrittes und setzte sich auf einen größeren Stein. In seiner Rechten trug er die Lanze mit dem Ziegenhorn, die eigentlich dem Mencey gehörte und nur zu besonderen Anlässen gezeigt wurde. Wenn er damit auf den Boden schlug, wurde das Ringen eröffnet. Schlug er zweimal, war der Kampf beendet. Das wussten alle, die als Zuschauer am Kreis hockten. Der alte Echey kannte die Regeln. In seiner Jugend war er selber einmal Ringer gewesen.

Im inneren Rund saßen sich jetzt zehn Männer gegenüber: Agar, Gara, Atog, Echentive und Cuperche an der einen Hälfte, auf der anderen Xaca mit Texo, Teno, Lobo und Ceo der Jäger. Xacas Söhne waren ein bisschen aufgeregt, konnten das Gefühl aber gut verbergen und zeigten unbewegliche Mienen. Das Ringen an sich war eine Sache des Messens der Kräfte. Aber es gewann zusätzlich an Bedeutung, weil alle genau zusehen würden, wie sie sich schlugen. Auch die Mädchen, die gestern im Fluss gebadet hatten. Nada, Mara, Guada …

»Seid ihr bereit?«, rief der alte Echey.

Ja, das waren sie. Hatten sich im Vorfeld genau abgesprochen. Wer gegen wen antreten sollte und mit welcher Taktik.

»Ja«, sagte Xaca, »wir sind bereit.«

Er warf einen siegessicheren Blick in die Runde.

»Wir auch!«, rief Agar mit lauter Stimme, damit es der alte Echey mitbekam.

Atog stand auf und forderte Teno zum Kampf. Sie gingen aufeinander zu, hoben kurz die Hand zum Freundschaftsgruß und warteten auf das Signal des alten Echey. Der schlug mit dem gehörnten Stab auf den Boden. Sofort packten die Beiden mit der Rechten die nackte Schulter des Gegners, mit der Linken die Hüfte oberhalb des Gürtels. Sie prallten kraftvoll aufeinander und versuchten, den Anderen aus dem Gleichgewicht zu bringen. Dem erfahrenen Atog gelang ein überraschender Angriff. Teno strauchelte und stürzte mit einem Schwung über Atogs Hüfte mit dem Rücken zu Boden. Der alte Echey schlug zweimal mit dem Hörnerstab auf den Stein. Es wurde gejubelt. Atog verbeugte sich mit stolzer Geste in die Runde. Teno streckte vom Boden aus Atog die Hand entgegen. Der zog ihn hoch und beklopfte kurz seine Schulter. Der erste Sieg ging an die Menschen der Bucht. Aber bei Texo und Echentive verlief die Sache anders. Der jüngere warf Echentive, indem er das Bein zu Hilfe nahm. Diesmal fiel der Beifall leiser aus.

Dann wurde es spannend, weil zunächst Ceo der Jäger Cuperche bezwang und danach Gara der das Meer riecht Lobo, den jüngsten von Xacas Söhnen. Es stand also unentschieden. Bei diesem Spielstand wurde nun eine kurze Pause für die Beratung eingelegt. Im letzten Kampf ging es ums Ganze: Agar gegen Xaca. Die beiden Menceys, die einander so ebenbürtig waren. Wer von ihnen würde gewinnen?

Schließlich war es soweit. Es herrschte atemlose Ruhe im Kreis, als die Beiden aufstanden. Zuvor war der Sand noch einmal geglättet worden. Agar und Xaca zeigten den Freundschaftsgruß, standen sich mit abschätzenden Blicken gegenüber und warteten auf das Startsignal. Als der alte Echey den Stock schlug, prallten sie wild aufeinander. Sie packten sich, schoben, versuchten den Griff zu wechseln, um einen Vorteil zu ergattern. Wie Riesen tanzten sie umeinander herum. Keinem gelang es, den Anderen aus dem Gleichgewicht zu bringen.

Zwei Stockschläge am Stein ertönten und der alte Echey rief: »Nochmal von vorn. Ein zweiter Versuch. Nehmt eure Positionen ein!«

So waren die Regeln, daran musste sich jeder halten. Der Wettkampf begann erneut, ohne dass einem der Beiden ein Überraschungsangriff gelang. Sie kannten sich ja gut und ahnten stets im Voraus, was der andere plante. Agar und Xaca begannen zu schwitzen und zu keuchen. Mit äußerster Kraftanstrengung rangen ihre massigen Körper um den Sieg. Doch der wollte keinem gelingen. Schließlich blieb dem Richter nichts anderes übrig, als mit dem gehörnten Stab zweimal zu klopfen. Mit diesem Ergebnis waren alle zufrieden. Bis auf die, die zu Boden geschickt worden waren. Aber insgesamt schienen die Kräfte ausgeglichen und kein Dorf hatte sich blamiert.

»Jetzt sollten wir essen!«, brüllte Agar. »Kommt, es ist noch viel da!«

»Bloß keinen Rauschsaft mehr«, brummte Xaca. »Was immer es ist ... das kann man nicht jeden Tag trinken.«

Das Fest fand seinen Verlauf und einen weiteren Höhepunkt am Abend, als Grea die mit den Augen lächelt ein kleines Konzert mit ihrer Rohrflöte gab.

»Morgen werden wir in aller Frühe aufbrechen und nach Acero zurückkehren«, sagte Xacas Frau Cara. »Uns steht noch ein langer Weg bevor.«

»Aber wir sehen uns doch wieder?«, fragte Ula.

»Dann aber bei uns«, antwortete Cara.

Am nächsten Morgen standen Tanat und Mira in der Schlucht und winkten der davonziehenden Gruppe einen letzten Gruß nach.

»Komm«, sagte Tanat, »ich habe eine Höhle entdeckt, die größer ist, als die kleine bisher. Die möchte ich dir zeigen. Sie wird dir gefallen.«

21
Abnehmender Mond

Die schöne Cara humpelte mit schmerzverzerrtem Gesicht zur Feuerstelle, um Holz nachzulegen. Sie hatte sich den Knöchel verstaucht. Das lag nicht an ihrer Körperfülle, sondern daran, dass sie in Gedanken versunken falsch aufgetreten war. Sie hatte an ihre Tochter gedacht, an das Fest in der Bucht. Beim Rückweg über den Klammpfad waren sie alle schweigsam gewesen. Voll mit neuen Eindrücken und Informationen, die erst einmal verdaut werden mussten. Und ein wenig traurig. Jetzt, im gewohnten Urwaldleben zurück, fielen ihr wieder Einzelheiten ein, an die sie sich gern erinnerte. Wie sie, vom Trunksaft berauscht, gesungen hatten und ums Feuer getanzt waren. Jedenfalls die Frauen. Und dazwischen hatten ausgelassen die Kinder getobt. Alle Gesichter fröhlich. Selbst das von Xaca, der sonst immer so ernst war. Und Mira ... wie schön sie ausgesehen hatte, so strahlend! Tanat war ein guter Mann für ihre Tochter. Man sah es ihnen an, wie glücklich die Beiden miteinander waren ... Wenn es doch bloß Texo und Lobo ebenso erginge! Für die hatten sich noch keine passenden Partnerinnen in Acero gefunden. Die Mädchen waren noch viel zu jung. Etwa im Alter des kleinen Como. Aber die in der Bucht nicht. Wenn den Söhnen nun ebenfalls einfiel, zum Stamm in der Schlucht zu ziehen? ... Dann würde es hier einsam werden. Am besten holen sie ihre Bräute in den Urwald ...

»Wir sollten bald ein eigenes Fest geben«, schnitt sie das Thema beim gemeinsamen Essen an.

»Aber wir haben doch gerade erst gefeiert«, antwortete Xaca. »War es nicht schön?«

»Doch wunderschön. Wir haben uns alle gut verstanden und bestens unterhalten. Und dann der großartige Ringkampf!« Sie verstand es, ihrem Mann süße Worte um den Bart zu schmeicheln. »Die Leute in der Bucht haben sich wirklich Mühe gegeben und reichlich Essen aufgefahren. Wollen wir dagegen geizig zurückstehen? Sind wir ein armer Stamm? Haben wir das Wort Gastfreundschaft vergessen?«

»Nein«, brummte Xaca.

»Eben. Dann lass sie uns bald einladen«, sagte Cara und fügte hinzu: »Außerdem sind wir mit dem anderen Stamm inzwischen verwandt. Unsere Tochter lebt jetzt dort. Willst du sie nicht wiedersehen?«

»Doch. Natürlich …«, stotterte Xaca verunsichert. »Das ist nicht das Problem.«

»So? Was denn sonst?«

»Das Fest muss mit dem Stand des Mondes übereinstimmen. Und einen richtigen Namen haben.«

Die schöne Cara wandte sich direkt an ihre Söhne: »Was meint ihr?«

»Ein Ringkampf kann es jedenfalls nicht werden. Das darf nur einmal im Jahr stattfinden. So ist die Regel«, meinte Teno, ihr Ältester.

Sein Wort galt mittlerweile viel in der Runde. Er würde gewiss einmal seinen Vater ablösen und zum Mencey gewählt werden.

»Uns wird schon etwas einfallen«, sagte Cara und freute sich, als Texo und Lobo mit den anderen im Kreis zu diskutieren begannen. Sie hatte längst bemerkt, worin das Interesse der Beiden begründet lag. Ihr Verhalten beim Fest. Dieser heimliche Austausch an Blicken. Sie kannte ihre Söhne gut und wusste, dass sie in ihnen Verbündete besaß.

Texo schwärmte regelrecht von der Bucht: »Da wachsen ganz andere Pflanzen als hier. Bäume mit gelben Früchten, die gut schmecken. Man kann Brot aus ihnen backen.«

»Und das Ferkel am Spieß war auch nicht schlecht«, ergänzte Lobo.

Xacas alte Mutter, die bisher schweigsam am Feuerkreis gesessen hatte, meldete sich zu Wort. »Wenn es kein Ringkampffest geben darf, dann vielleicht eines für die Kinder. Stabspringen, Stockfechten, Steinwerfen. Es gibt viele Möglichkeiten für die Jugend! Und wir können es auch so nennen: das Fest der Jugend.«

Xacas Mutter, die seit der Fahrt über das große Wasser kränkelte und keine große Hilfe im Haushalt mehr war, kam so gut wie keine andere mit den Kindern zurecht. Sie saß vor dem Eingang der Höhle und erzählte ihnen Geschichten, animierte sie zu kleinen, lustigen Wettkämpfen. Dafür wurde sie von ihnen geliebt.

»Eine gute Idee«, stimmte Cara ihrer Schwiegermutter zu.

Sie verstand sich gut mit der alten Frau. »Dann stehen mal nicht die Erwachsenen, sondern die Kinder, im Mittelpunkt. Die Kinder sind unsere Zukunft. Man könnte es auch Zukunftsfest nennen.«

Außerdem hätten wir, wenn sie mitkommt, die Frau mit den drei Augen in unserer Nähe, dachte sie. Eine weise Schamanin, eine Heilerin, die nach den Gesetzen von Abora lebt. Sie kann uns helfen, wenn wir einmal in Not geraten ...

»Oder wir nennen es Drachenfest«, sagte Teno. »Wir könnten zusammen auf die Jagd gehen und den Kindern beibringen, worauf sie zu achten haben.«

Die Jäger waren die Hauptversorger des Stammes. Sie brachten frisches Fleisch, Eier aus Nestern und erlegten mit dem Wurfholz Vögel. Ceo, der heimlich in Mira verliebt war, ohne es zuzugeben und sie besonders vermisste, schwieg. Sie war jetzt Tanats Frau. Damit war die Sache entschieden. Er seufzte. Die Wächterin fehlte allen bei der Jagd. Ihre Stimme, ihre fröhliche Art. Ja, er würde sie gern wiedersehen. Tanat auch. Der die Adler sieht war ein guter Mann. Beim Vollmondfest in der Bucht hatten sie sich angefreundet. Mit Teno war es auch gut. Der sprach nicht viel und selten überflüssiges Zeug wie seine Brüder Texo und Lobo, die ihm mit ihrem Geschwätz manchmal gehörig auf die Nerven gingen. Am liebsten ging Ceo der Jäger jetzt allein.

Bereits am nächsten Morgen zog er in aller Frühe wieder los. Wie so oft schon führte ihn sein Weg in die Nähe des rotbraunen Riesen. Hier war es wunderbar ruhig. Man hörte nur das leise Plätschern des gelben Baches und in die Stille hinein konnten die Vögel ihren Gesang aus vielen Kehlen entfalten. Ceo liebte diesen Ort und die frühe Stunde, in der man sich eins fühlen konnte mit der gesamten Natur. Er lehnte sich an einen Felsbuckel und legte die Lanze griffbereit neben sich auf den Boden. Er sah einen Raben fliegen, ihn krächzend rufen und antwortete ihm. Der Vogel zog eine Kreisbahn am Himmel und kam neugierig näher. Als Ceo seinen Ruf nicht mehr nachahmte, verlor er das Interesse und flog weiter in Richtung der hohen Berge. Ceo saß lange so lauschend da. Aber er vernahm kein Rascheln im Farn. Stattdessen hörte er nun einen Ton, der tief aus der Erde zu kommen schien. Ein leises Brummen, als würde sich ein Schwarm wilder Bienen sammeln. Unwillkürlich blickte er zu der Felsensäule. Kam das Geräusch von dort? Schnarchte der sprechende Riese? Oder war es Sprache, eine Botschaft, die Ceo nicht begriff?

Dann war es plötzlich wieder still und er fragte sich, ob er sich das Ganze nur eingebildet hatte. Knurrte sein Magen? Unmöglich, er hatte zum Frühstück ein halbes Fladenbrot gegessen. Er war satt. Ceo wollte gerade aufstehen, als das unterirdische Geräusch erneut einsetzte. Er lauschte angestrengt.

»Was willst du mir sagen?«, rief er nach einer Weile dem Riesen zu. »Ich verstehe dich nicht. Bitte sprich deutlich zu mir. Wir sind doch Freunde und Freunde bereden alles offen miteinander!«

Die Felsensäule schwieg so abrupt, wie das Brummen begonnen hatte. Ceo schüttelte den Kopf. Er blieb noch eine Weile mit gespitzten Ohren sitzen, hörte aber nichts Vergleichbares mehr. Die Vögel zwitscherten und sangen unbeirrt weiter. Also konnte es nichts Schlimmes bedeuten. Er griff nach der Lanze und ging los. Er suchte nach einem passierbaren Weg aus dem Kessel des Acero hinauf in die Berge.

Er kletterte einen schmalen Steig oberhalb der Höhle entlang, in der Chio der Läufer und Tanat beim großen Regen gerastet hatten und Tanat die Bilder malte. Er sah den Eingang der Höhle nicht. Das Gelände war mit einem dichten Pflanzenteppich überwuchert. Aber er fand dafür einen Pass über die Berge, einen Platz, von dem aus man weit über das ebene Hochland im Süden und auf die Bergkette im Osten blicken konnte. Hier blieb er eine Weile, um alles genau zu betrachten. Er sah einen schier endlosen Wald an den Hängen der Berge, bis hinauf zu den Gipfeln, und das Meer, die ferne Küste, tiefer gelegen als das Festland. Diesen Weg musste er sich einprägen. Er führte hinüber in eine andere, ihm völlig unbekannte Welt ...

Ceo musst sich vom Anblick losreißen, als er den Rückweg antrat. Einen gefährlichen Weg, wie ihm erst jetzt bewusst wurde. Beim Abstieg sieht alles anders aus, als wenn man hochsteigt. Er prägte sich Einzelheiten ein, um die Strecke beim nächsten Mal wiederzuerkennen. Besonders geformte Felsbuckel oder Bäume von ungewöhnlichem Wuchs. Einer von ihnen sah aus wie die Gestalt eines großen Menschen, der mit seinen knorrigen Astarmen winkt. Den würde er sofort erkennen. Die mächtige Kiefer stand da wie ein Wegweiser.

Er strich weiter durch das Gelände. Am Nachmittag erlegte er einen Drachen. Eine stattliche Echse, die einiges an Gewicht aufwies. Er hievte sich die Beute auf die Schultern und schleppte sie zum Lagerplatz. Auch Texo und Lobo kehrten erfolgreich von der Jagd zurück. Heute würde es viel zu essen geben. Als der Stamm am Feuer zusammensaß, galt ihr Gesprächsstoff dem geplanten Fest. Es gab verschiedene Vorschläge, wie man es ausgestalten sollte. Jeder brachte seine Argumente vor. Nur über den genauen Zeitpunkt konnte man sich nicht einigen. Der nächste Vollmond, ja, das war ein mögliches Datum. Einige meinten, das wäre zu knapp, denn um ein richtig großes Fest auszurichten, bedurfte es einiger Vorbereitung. Vielleicht doch lieber der übernächste Mondwechsel? Darüber wurde heftig gestritten.

Ceo der Jäger beteiligte sich nicht an der Diskussion. Er schwieg in Gedanken versunken. War es jetzt klug, über das zu berichten was er beim sprechenden Riesen erlebt hatte? Die grollende Stimme aus dem Inneren der Erde, die er schon des öfteren gehört hatte. War das alles nur Einbildung, eine Täuschung der Sinne? Konnte nur er die Geräusche wahrnehmen? Als er das letzte Mal Xacas Söhnen davon erzählt hatte, hatte er nur hämisches Grinsen geerntet und Kommentare wie: »Das hast du wohl geträumt« oder »Kann es sein, dass mit deinen Ohren etwas nicht stimmt?«

Nein, Ceo hörte sehr gut. Er nahm das Rascheln im Farn früher als andere wahr. Das gab ihm einen Vorsprung. Und machten Texo und Lobo neidisch. Warum mussten sie sich unterwegs auch so angeregt unterhalten? Wer viel redet und noch dazu laut, übertönt die Natur. Die Drachen waren schlau. Sie schienen jedes Geräusch in ihrem Umkreis wahrzunehmen und verhielten sich still, wenn sie menschliche Nähe spürten. Deshalb zog Ceo auch lieber allein auf die Jagd. Wie früher, als sie noch am Flussdelta wohnten, mit Oca. Es versetzte ihm einen Stich, wenn er an den Überfall durch die wilden Reiter dachte. Ja, Oca war ein verlässlicher Partner gewesen. Wie Mira die Wächterin, die stets unsichtbar in ihrer Nähre weilte. Es war ihr Falkenschrei, den er besonders vermisste. Diese Mira! Warum hatte sie nur die Bucht dem Urwald vorgezogen? Es musste an Tanat liegen. Ja, natürlich. Woran denn sonst? Ceo gönnte den Beiden ihr Glück. Aber es stimmte ihn auch traurig.

»Was ist denn deine Meinung?«, fragte ihn die schöne Cara. »Du hast bisher noch nichts dazu geäußert.«

»Die Idee mit dem Fest ist wirklich gut«, antwortete er. »Ich könnte mir vorstellen, mit den Kindern Lanzen zu schnitzen. Sie müssen scharfe Knochenspitzen besitzen, sonst fangen sie nichts.«

Das klang pragmatisch und täuschte darüber hinweg, was Ceo wirklich dachte. Er musste sich nun auch nicht weiter äußern, denn die Männer und Frauen im Kreis waren bereits wieder dabei, über Einzelheiten zu streiten. So war es nun einmal im Stamm. Es wurde so lange über eine Angelegenheit diskutiert, bis alle Argumente ausgetauscht waren und Einigkeit herrschte. Das konnte dauern.

Ceo lehnte sich in eine bequemere Position zurück und betrachtete den Himmel über den Urwald. Dort glommen die ersten Lichter der Lagerfeuer der Ahnen auf. Ob Oca nun auch sein eigenes entzündete? Das konnte wahrscheinlich nur seine Witwe wissen und genau orten. Es gab ja so viele funkelnde Punkte am Himmel …

»Ich meine, wir sollten nicht mehr zu lange mit dem Fest warten«, sagte Cara. »Wie es dann heißt, das muss nicht sofort entschieden werden.« Damit war die Diskussion beendet. Zumindest für heute.

22
Die brennenden Berge

Ein warmer Atem lag über dem Land, trocknete Wasserstellen und Pfützen aus, bräunte das Grün vieler Pflanzen. Der Lauf des Tabu wurde schmaler und gab am Ufer den Weg frei. Die Luft schmeckte staubig. Tagsüber brannte die Sonne durch dünne Schlierenwolken am Himmel. Der Mond verlor beständig an Größe, bis er nur noch als Sichel am Himmel hing, bleich zwischen den Lagerfeuern der Ahnen.

In dieser Nacht heulten die Hunde, und Mola wurde von wirren Träumen heimgesucht: Feuer tanzten mit flackernden Zungen vor ihrem dritten Auge. Alles brannte ringsum, die ganze Welt schien in Flammen zu stehen. Selbst die feste Erde unter ihren Füßen kochte und war in Bewegung. Sie sah glühenden Brei von gelber und roter Farbe. Er strömte von den Bergen herab und ergoss sich brodelnd und dampfend ins Meer …

Schreckliche Bilder, die Mola ansprangen. Sie wollte sie nicht. Nichts mehr sehen, egal mit welchen Augen.

Sie rief Abora an.

Und auch den Kulkul.

Alle guten Geister, mit denen sie Kontakt hatte …

Mit einer gewaltigen Kraftanstrengung bäumte sie sich auf, schüttelte die brennenden Bilder ab und riss die Augen auf. Alles war schwarz. Die Dunkelheit der Höhle war wie Niemandsland. Mola stöhnte und wälzte sich nach links in eine bessere Schlafposition. Mit klopfendem Herzen wartete sie auf bessere Bilder, auf Aboras Segen ... Doch die innere Unruhe blieb. Mit allen Fasern ihrer Sinne spürte sie ein herannahendes Unheil. Entkräftet schlief sie endlich ein ...

Erschrocken fuhr Mola aus neuen Träumen hoch. Bis eben hatte sie sich noch mit Steinwesen unterhalten, mit freundlichen braunen Riesen, mit Köpfen und Gesichtern, die aus den Felsen ragten, unterwegs auf einer Geistreise durch die andere Welt. Sie war entlang des Tabu geschwebt, wie eine Rabin über dichten Wald hinweg, bis zu den schneebedeckten Gipfeln der östlichen Berge. Ungewohnt kalt war es hier. Sie verließ rasch den Ort, bevor ihre Flügel im Frost erstarrten und strebte wärmeren Zonen zu. Über duftenden Urwald flog sie, vom Wind getragen und im Schleier einer Wolke verborgen, unsichtbar für die Menschen. Frisch sprießenden Farn roch sie. Überall rollte er seine großen, grünen Wedel aus, wuchs dem Licht entgegen. Ihre feine Nase erspürte noch mehr: Hier reifen üppige Wurzeln heran, das künftige Brot.

Und jetzt dieses abrupte Erwachen!

Entsetzt stellte Mola fest, dass der Boden unter ihr bebte. Wie damals das fürchterliche Schaukeln auf dem großen Wasser ... Aber anders. Die Bewegung kam aus dem Inneren der Erde, rüttelte am Gestein und zog sich in Wellenform hin. Die Wohnhöhle bebte, die Felsen ringsum, das gesamte Festland war davon erfasst.

Mola hörte seltsame Stimmen. Zunächst klangen sie noch wie die freundlichen Riesen. Nur dunkler. Drohender. Sie wurden zum Grollen. War das das wahre Wesen des Kulkul? Ein Dämon, der im Herzen der Berge wohnt?

War sie vielleicht sogar seine Botin und deshalb so oft als Rabin unterwegs? Fiel es ihr deshalb so leicht, zu fliegen?

Alles schien jetzt in eine trudelnde Bewegung zu geraten. Mola tastete sich im Dunkeln an den schlafenden Mädchen vorbei zum Ausgang der Höhle. Als sie die Matte beiseite schlug, trat sie geblendet in einen ungewöhnlichen starken Lichtschein ...

»Was ist das?«, flüsterte Mira. Instinktiv klammerte sie sich fest an Tanat, spürte seinen warmen Körper, seinen Atem. Tanat machte sich sanft los, entschlüpfte ihren Armen, stand auf und schob die Schilfmatte beiseite. Was er sah, ließ ihn erstarren: Die ganze Welt stand in Flammen. Irgendwo hinter dem Bexenao explodierte ein Berg. Er spie eine gewaltige Feuersäule aus. Der nächtliche Himmel wurde taghell, als würden zahlreiche Gewitter gleichzeitig toben, grelle Blitze schleudern und das Erdreich mit Donnerschlägen erschüttern lassen.

Alle, die vor die Höhlen traten, sahen es. Das unfassbar Grauenvolle. Angstvoll zitternd standen sie, unfähig einen klaren Gedanken zu fassen. Niemand stieg den unsicheren Pfad am Hang des Time hinab. Erst im Morgengrauen wagten sie den Abstieg in die Bucht. Nach und nach versammelte sich der Stamm neben der Feuerstelle am Sandkreis, der noch vom Fest des Ringkampfs geblieben war. Unruhig umstrichen die Hunde die Runde.

»Wir werden alle verbrennen!«, rief Gazma.

Ula versuchte, sie zu beruhigen: »Nein, das werden wir nicht. Hier am Tabu sind wir sicher. Bis hierher kann das Feuer nicht kommen.«

»Das Land will uns abschütteln!«, klagte Gazma weiter. »Vielleicht dürfen wir hier nicht sein? Müssen wir wieder fliehen?«

»Das glaube ich nicht«, entgegnete Ula, die Wortführerin. »Bisher ging es uns doch gut! Und wohin sollten wir auch? Wieder aufs große Wasser?«

»Nein!«, rief der kleine Como. »Nie mehr! Nie wieder!«

»Er hat Recht«, sagte Ula. »Das können wir nicht und das will auch niemand von uns.«

»Was sollen wir bloß tun?«, jammerte Gazma weiter. »Hat uns Abora verlassen?«

»Nein. Ganz bestimmt nicht.«

»Woher weißt du das?«

»Abora hat uns noch nie verlassen. Sie wird uns beschützen.«

»Aber die Dreiaugenfrau schweigt«, sagte Gazma.

»Ja. Weil sie nachdenken muss. Wir sollten sie dabei nicht stören.«

»Aber irgend etwas müssen wir doch tun!«, meinte Chios Frau Mara.

»Wir könnten Schilfgerten schneiden und damit das Meer peitschen!«, rief der kleine Como.

»Und warum?«

»Damit die Nässe aufsteigt und sich zu Wolken formt. Wir brauchen Regen. Starken Regen, der die Flammen auslöscht.«

»Ich halte das für keine gute Idee«, widersprach ihm Ula. »Was kann das große Wasser dafür, dass die Berge brennen? Und ob ein paar Gerten ausreichen, um Regen zu erzeugen ... das bezweifele ich.«

»Auch wenn wir alle an den Strand gehen und gleichzeitig schlagen?«, hakte der kleine Como hartnäckig nach.

»Wir sollten besser am Ufer des Tabu bleiben«, sagte Tazo der Fischmann. »Bis hierher wird das Feuer nicht kommen. Am besten warten wir hier, bis das Unheil vorbei ist.«

Agar beteiligte sich nicht an der Diskussion. Entschlossen stieg er zum Ziegenstall und suchte eines der kürzlich geborenen Zicklein aus. Er packte das Tier und trug es im Arm in die Schlucht.

»Was soll das?«, fragte Ula. »Willst du ein Opfer bringen? Es schlachten?«

Agar schüttelte den Kopf. »Ein Opfer ja. Aber schlachten nicht.«

»Was dann?«

Agar antwortete nicht. Stattdessen wies er den kleinen Como an, den gehörnten Stab aus der Höhle zu holen. Der Junge gehorchte sofort. Schließlich war Agar der Mencey. Der wusste immer, was richtig war. Und wenn der Hörnerstab zum Einsatz kam, dann war es wichtig. Außerdem empfand Como es als Ehre, dass ausgerechnet er den Stock holen und eine kurze Weile tragen durfte.

Agar rammte den Stab wie eine Lanze in die Erde und band das kleine, ängstlich blökende Tier daran fest. »Es wird nach seiner Mutter schreien, nach der Milch in der Zitze flehen«, sagte er. »Abora ist unsere Mutter. Wenn sie das Blöken hört, wird sie wie jede Mutter Mitleid empfinden und uns mit ihren Tränen Regen schicken.«

Der Gedanke war gut, obwohl Ula Zweifel daran hegte, ob dieser Plan wirklich aufgehen würde. Zu dumm, dass

Mola immer noch schwieg. Die Medizinfrau hockte da mit geschlossenen Augen. Nur ihr drittes stand offen. Aber damit konnte sie außer Flammen und dichten Rauchwolken nichts erkennen. Sie roch verbranntes Holz, schmelzende Erde, üblen Gestank aus dem Inneren der Berge. Ihre Arme ruhten auf den Knien. Sie schwankte mit dem Oberkörper in kreisender Bewegung. Das Zicklein schrie erbärmlich nach der Mutter. Aber das hörte Mola nicht. Sie lauschte auf ganz andere Stimmen. Sie wartete auf den Rat des Kulkul. Doch der Kulkul schwieg und ließ nur ein tiefes, unterirdisches Grummeln vernehmen. Und auch Abora vergoss keine Tränen.

Tanat und Mira befanden sich inzwischen nicht mehr in der Schlucht. Sie waren den Pfad, den Tanat entdeckt hatte, am Time hochgestiegen und weiter bis zum Adlerstein gezogen. Mira war erstaunt über den weiten Rundumblick, der sich von hier aus bot und entsetzt über das, was sie sah: Die Berge hinter dem Hochland am Bexenao brannten lichterloh. Der Feuergürtel zog sich über Hügel und Kämme und durch die Täler bis weit in den Süden. An manchen Stellen stiegen knisternd Rauchsäulen auf, an anderen sprangen, vom Wind angefachte Feuer auf das Buschland über, brannten es ab bis hinab zur Felsenküste am Meer. Dazwischen flossen rote Bäche aus heißem, schmelzendem Gestein. Es sah aus, als würden die Berge bluten und ihren Lebenssaft aus vielen Adern zum großen Wasser strömen lassen, wo es zischend und brodelnd im Wasser verdampfte.

Den schlimmsten Anblick aber bot einer der hohen Berge. Seine Spitze war von gewaltigen Explosionen zerstört und noch immer in Bewegung. Eine riesige

Feuersäule ragte mit grellem Licht aus dem Gipfelkrater senkrecht in den Himmel.

Auf diesem Feuer tanzten Gesteinsbrocken, stürzten brennend zu Tal, wurden von einer gewaltigen Kraft auf das Hochland geschleudert. Von diesem Zentrum aus quollen mehrere breite und sich verzweigende Bahnen aus Blutfeuer in Strömen herab. Und auch im Umkreis des hohen Berges bewegte sich die Erde. Wie Brot beim Backen hob und senkte sich blasig der Boden. Kleine runde Kegel erhoben sich plötzlich dort, wo zuvor Festes war. Sie blubberten hoch, fielen wieder in sich zusammen, aber sie schickten außer Dampfwolken kein Feuer aus. Das Land donnerte und rumorte.

Mira und Tanat standen dicht beieinander und hielten sich an den Händen. Er spürte ihr Zittern und gab sich Mühe, ruhig und standfest zu bleiben.

»Es brennt nur im Osten und der Wind treibt die Flammen nach Süden«, sagte er mit belegter Stimme. »Das Hochland auf unserer Seite scheint verschont zu bleiben.«

»Und hoffentlich auch der Acero«, flüsterte Mira mit bebenden Lippen.

Ja, über dem großen Urwaldkrater lag zwar eine dichte Wolke, aber die kam mit dem Wind herangetrieben. Noch brannten die Bäume am Bexenao nicht und auch nicht der Urwald …

Aber wie lange würde es dauern, bis das Feuer auch dort hingelangte? War nur der eine große Berg an allem schuld oder würde er auch noch andere in seiner Nachbarschaft anstecken zum schädlichen Tun? Würde irgendwann die ganze Insel brennen?

Tanat konnte mitfühlen, wie Mira in diesem Moment empfand. Ihr Stamm war im Urwaldkessel, ihre Familie, ihre Freunde. Wahrscheinlich bangten auch sie jetzt um ihr Überleben, obwohl sie nicht sehen konnten, was er jetzt erblickte. Nicht den donnernden Berg in seinem wütenden Rot, nicht die brennenden Wälder, die Blutströme, das Wüten der Flammen im Süden.

»Lass uns zu den Anderen zurückkehren und berichten«, sagte Tanat. Mira nickte stumm und ergriffen. Zusammen stiegen sie die Felswand des Time hinab, entschlossen, sich nie wieder zu trennen, was auch immer geschehen sollte.

Als sie in der Bucht ankamen, wo der Stamm ängstlich und ratlos zusammensaß und niemand wagte, ein Feuer für das gemeinsame Essen zu entzünden, verharrte die Medizinfrau noch immer in tiefster Versenkung. Vor ihr hockten Bea die kleine Blume und Nada mit einer Schale frischen Wassers und beobachten Molas gleichmäßigen Atemzüge. Wenn sie aufwachte, würde sie trinken wollen. Das kannten die Beiden aus dem Zusammenleben mit ihr. Vielleicht auch eine Winzigkeit essen. Nur was? Sie waren auf der Stelle bereit, loszuziehen, um das Gewünschte zu holen.

Gazma klagte nicht mehr. Sie betete stumm zu Abora und flehte ergriffen um Hilfe. Wir müssen jetzt alle zusammenhalten, dachte Gazma. Auch in Gedanken. Wir müssen wieder ein Schwarm werden. In Harmonie atmen. Niemand darf nun ausscheren und Negatives fühlen. Dann kommt Übles herbei … Nein, Abora, sieh: wir sind eins, wir fühlen alle gemeinsam. Wir wollten mit dir das Gute erreichen. Hilf uns, Abora! Hilf uns das Unheil zu überstehen ...

Grea die mit den Augen lächelt, blies eine leise Melodie auf ihrer Rohrflöte. Das tat gut. Es beruhigte. Tanat sah, wie sich die Gesichter der Menschen langsam entspannten. Er wollte diesen Zustand nicht stören und schwieg über das, was sie vom Adlerstein aus wahrgenommen hatten.

Auf Ulas Wunsch hin hatte Agar das Zicklein vom Strick befreit und zurück in den Stall getragen. Das jämmerliche Blöken fand ein Ende. Aber am Himmel war keine Regenwolke aufgetaucht. Abora nahm dieses Opfer wohl nicht an. Ja, jetzt war Ruhe angebracht. Schweigen. Ein Einverständnis mit der Natur, auch wenn sie sich so wild und feindselig gebärdete. Sie lauschten ergeben dem fernen Donner der Berge, den grollenden Stimmen der Riesen. Sie waren aus ihrem Tiefschlaf erwacht, reckten sich krachend und bliesen Feuer und Rauch als Atem aus. Wie wütend sie klangen! Warum nur? Und wie armselig klein und hilflos dagegen die Menschen waren! Winzig und unbedeutend wie Fliegen ...

Ein starkes Beben durchlief den Boden und ließ alle zusammenzucken. Kurz nur, aber gewaltig. Danach war wieder dieser Urton zu hören. Ein brummendes Rauschen, unterbrochen nur von Donnerschlägen. Wie weit war das weg? Blieb es dort oder kam es näher? Mit den Rollen des Donners bebten auch die Menschen. Manche legten die Arme schützend über den Kopf, verschlossen ihre Ohren. Als ob das etwas helfen würde ...

Am wenigsten hörte der alte Echey, was für ihn ein Segen war. Er wäre ja gern bei den Schweinen geblieben, den schwarzen Borstenviechern mit den neugierigen Augen und dem vertrauten Geruch. Aber hier im Stamm war es doch besser. Man schenkte ihm höchste Aufmerksamkeit, seitdem er so makellos als Richter dem Ringkampf geleitet hatte. Er war jetzt fast so wichtig wie Agar, der Mencey. Oder Tazo der Fischmann ... Oder Tanat und Chio ... Eigentlich waren sie alle wichtig: Ula, die kluge Wortführerin. Oder Atog und Buca, ohne die er nicht schlachten konnte ... Vor allem Mola!

Dem alten Echey wirbelten Gedanken im Kopf herum, die er sonst nie hatte. Ja, alle im Stamm waren wichtig, jeder auf seine Weise. Selbst der kleine Como, der sie schon mehrfach mit seinem Tun überrascht hatte: damals, als er dem schielenden Händler die Flöten verkaufte und die Frauen mit Schmuck beglückte ... Und war er nicht wie ein Raubtier über die schwankenden Boote gesprungen, als er auf Tanats Seeschlitten ging? Das waren die Gedanken des Dorfältesten.

Mola hatte inzwischen auch ihre anderen beiden Augen geöffnet und die Stimme wiedergefunden. Aber sie sprach nicht, sondern sang zur Musik aus Greas Rohrflöte. Alle lauschten, verstanden aber kein einziges Wort, denn Mola sang in der alten Sprache, die niemand außer ihr mehr kannte. Vielleicht war dieser Gesang eine Medizin, etwas, das die Seelen heilte und aus ihrer Verstörung befreite. Es war völlig gleichgültig, was es war. Es wirkte. Und das allein zählte jetzt und gab Hoffnung.

23
Acero

Auch die Menschen im Urwald wurden durch das donnernde Beben aus dem Schlaf gerissen und in Angst und Schrecken versetzt.

Noch am Abend zuvor hatten sie rund um die Feuerstelle gesessen und geschmaust und sich endlich auf einen Tag für das geplante Fest geeinigt. Texo sollte als Bote zur Bucht ziehen und die Einladung aussprechen. Nicht ohne Hintergedanken hatte er sich freiwillig dazu angeboten. Texo hatten in den letzten fahlen Nächten sehr plastische Träume heimgesucht. Aber es ging nicht um die geile Verwirrtheit, die er an jenem trunkenen Morgen nach dem Vollmondfest beim Anblick der badenden Mädchen am Tabu empfunden hatte. Es waren überraschenderweise ganz andere Bilder, die immer häufiger in seinem Kopf auftauchten. Das Gesicht von Bea der kleinen Blume, ihre schönen Augen, die Anmut, mit der sich ihr Körper bewegte. Und vor allem ihre Stimme, die sanft war, als würde der Wind durch das Schilf streicheln. Er gestand sich ein: Bea war der wahre Grund, warum er sich sofort bereit erklärt hatte, die Aufgabe als Bote zu übernehmen. Er wollte, er musste zur Bucht …

Aber dazu kam es nicht mehr. Alle schönen Gedanken schienen plötzlich wie weggewischt. Das Beben der Erde brachte jede klare Gewissheit ins Wanken. Unbändig brüllten die Berge im Umkreis. Es donnerte und krachte, als würden sie in Stücke zerbersten.

Die Menschen waren entsetzt aus den Höhlen nach draußen geflohen. Der Stamm versammelte sich angstvoll am niedergebrannten Lagerfeuer, in dem nur noch schwache Reste von Holzkohle glommen. Sie rückten eng aneinander und wollten sich spüren. Nicht allein auf sich gestellt, sondern in schützender Gemeinschaft geborgen. Wie ein Schwarm.

»Was bedeutet das nur?«, flüsterte Xacas Mutter, die zitternd in Caras Armen ruhte. »Das kann doch nicht Aboras Wille sein ...«

Xaca besann sich seiner Aufgabe als Mencey und beschwichtigte: »Bleibt ruhig!« Und fügte, da er nicht lügen konnte, wahrheitsgemäß hinzu: »Ich weiß auch nicht, was los ist. So wenig wie ihr. Aber ich meine, das beste wird sein, wir behalten jetzt Ruhe. Wir warten ab. Ich höre wie ihr die Gefahr, aber ich sehe sie nicht. Ich kann nur sagen was ich fühle. Wir sind hier im Acero sicher.«

»Ist das vielleicht der sprechende Riese?«, fragte Teno.

Jetzt musste Ceo der Jäger reden. Es sprudelte aus ihm heraus wie das Plätschern des gelben Baches. Er schilderte alles, was er in der letzten Zeit an der rotbraunen Felssäule erlebt hatte. Das leise Gemurmel und Grummeln aus der Erde heraus, das nicht zornig klang, sondern eher beschwichtigend und schließlich verstummte.

»Nein«, sagte er, »das ist nicht der sprechende Riese. Der steht sicher und fest. Er ist unser Freund und Beschützer. Das Toben, das wir hören und spüren, kommt von weiter her, von jenseits der Berge, wo andere noch größere Riesen wohnen. Für mich wirkt es so, als würden sie sich gegenseitig anbrüllen, weil sie uneinig sind.«

»Dann ist es ihr Streit, nicht unserer«, sagte Xaca. »Das ist, was ich denke.«

Berstender Donner ließ alle zusammenschrecken. Es klang, als würden viele Gewitter gleichzeitig toben. Ein Kampf von Urgewalten. Rötliches Licht erhellte die Nacht, ließ die Bergränder des Acero aufleuchten. Es sah aus, als hätte die Sonne ein Stück ihres Körpers auf die Erde geschleudert. Aber es war nicht die Sonne. Nicht ihr warm aufkeimendes Gelb, sondern glühendes Rot. Es verlosch so plötzlich, wie es gekommen war. Die Dunkelheit schluckte erneut den Urwald. Die Menschen hockten frierend zusammen, um sich gegenseitig zu wärmen, und warteten angstvoll auf das Ende der schrecklichen Nacht.

Als das erste Licht der Morgensonne über die Berge kroch und ein scheinbar normaler Tag anbrach, an dem nur der feuerrote Schein am Himmel irritierte, stand Ceo der Jäger entschlossen auf.

Es donnerte immer noch in unregelmäßigen Abständen. Daran hatten sie sich fast schon gewöhnt. Aber die Erde unter den Füßen zitterte nicht mehr.

»Ich werde über die Berge gehen«, sagte er. »Ich weiß den Weg bis zu einer Stelle, die weiten Überblick bietet. Wir müssen herausfinden, was los ist.«

»Ja, tu das«, brummte Xaca Zustimmung. »Sei unser Auge, jetzt, da Mira die Wächterin nicht bei uns ist. Aber sei vorsichtig!«

Er hob die Hand zum Freundschaftsgruß und Ceo erwiderte ihn.

Vorsichtig war Ceo immer. Es hatte ihm schon einmal das Leben gerettet. Damals im Buschland, als der Falkenruf der Wächterin an sein Ohr drang und er mit knapper Not die bewaldete Böschung erreichte und ins Ungewisse sprang. Oberhalb der Klippe wieherten die langbeinigen Tiere der fremden Krieger. Er hörte das schreckliche Schnauben ihrer Nüstern noch immer in seinem Kopf.

Ceo der Jäger war mutig. Er ging sofort los, Schritt für Schritt auf kaum erkennbarem Pfad. Er erreichte den rotbraunen Riesen, blieb mit klopfendem Herzen eine Weile lauschend stehen und war beruhigt, dass der Riese schwieg. Ceo stieg höher und höher in die Berge hinein. Er fühlte: Dies heute ist mein magischer Pfad. Ich muss ihm folgen, und wenn es mein Leben kostet … Er erreichte den Pass und die Stelle, an der er schon einmal gestanden und staunend über die weiten Ebenen im Süden geblickt hatte. Doch diesmal zeigte sich ihm eine völlig andere Welt. Er wollte nicht glauben, was er da sah:

Die Wälder entlang der Berge brannten an vielen Stellen bis hinunter zum Meer. Das Buschland stand in Flammen. Das schlimmste aber war, dass ein großer Berg im Osten nicht mehr so aussah wie früher. Nicht mehr schwarz, sondern rot. Seine zerbrochene Spitze glühte und sah aus wie kochender Brei, der über die Hänge quillt. Eine von Dampfwolken umgebene Feuersäule stieg empor, spuckte glühendes Gestein hinauf in den Himmel. Und es regnete Asche.

Ceo wandte sich ab und eilte zum Stamm zurück. Er hatte genug gesehen.

»Es ist ein anderer Riese!«, rief er atemlos beim Näherkommen.

Im Kreis der Menschen ließ er sich fallen.

»Ich habe furchtbare Dinge erblickt!«, stieß er hervor, nachdem er hastig einen Schluck Wasser getrunken hatte. Sein Atem ging schnell, und seine Stimme zitterte voller Erregung. »Die Wälder im Süden brennen. Ich sah einen wütenden Riesen zerplatzen. Er spie Feuer und Rauch aus seinem Schlund. Es regnete Asche vom Himmel …«

»Von welchem Riesen redest du?«, fragte Teno.

»Er sieht furchtbar aus und verwüstet zornig alles in seinem Umkreis mit Feuer«, antwortete Ceo der Jäger. »Aber seine Macht scheint zu erlöschen. Er wirkt krank. Er windet sich und bricht zusammen … Und er steht allein und ist weit weg von uns im Osten. Die anderen Riesen sind ruhig.«

»Und wenn das Feuer auch zu uns in den Urwald kommt?«, fragte jemand. »Werden wir dann alle im Kessel verbrennen?«

Ceo schüttelte den Kopf. »Das glaube ich nicht. Es brennt weiter im Süden. Zu uns wird das Feuer nicht kommen.«

Wenn nicht der Wind dreht, dachte er insgeheim, wenn nicht der Wind dreht …

»Er hat Recht«, sagte Xaca, der sich mit seinen Söhnen in Ceos Abwesenheit beraten hatte. »Es ist das, was ich die ganze Zeit über fühle. Der sprechende Riese ist uns wohlgesonnen. Er beschützt uns. Im Acero sind wir sicher.«

Er sprach im Brustton der Überzeugung.

Dennoch blieben bei einigen Zweifel, nicht nur bei seiner Mutter. Auch Cara, die die ganze Zeit an ihre

Tochter Mira denken musste, war hin und her gerissen. Wie ging es ihr? War sie wohlauf? Was hatten die Menschen in der Bucht erlebt? Plötzlich wurde ihr bewusst, dass sie alle im Kreis fragend anblickten. Ihr Wort wurde erwartet. Sie räusperte sich die belegte Stimme frei.

»Ich muss jetzt gerade an Ono denken«, sagte sie. »Aber der Dorfälteste kann uns keinen Rat mehr geben. Er ist zu den Lagerfeuern der Ahnen gezogen. Wer kann uns also helfen? Mola, die Frau mit den drei Augen, die könnte es. Sie ist zwar verrückt, aber klug. Vielleicht könnte sie uns alles erklären … Aber sie ist ja unten beim anderen Stamm in der Bucht. Hoffentlich geht es ihr gut …«

»Was sagt dein Gefühl?«, fragte Xaca seine schöne, rundliche Frau. Auf ihr Gespür konnte man sich verlassen.

»Sie lebt«, antwortete Cara.

»Soll ich losgehen und sie suchen?«, Teno war sofort bereit.

»Der Mencey soll entscheiden«, sagte Xacas Mutter, die Dorfälteste. Xaca, der lange nachdenklich seinen zotteligen Bart durchkrault hatte, sprach: »Lasst uns wieder zur Ruhe zurückfinden. Zuviel Reden bringt nur Unsicherheit und Angst. Wir aber sind mutig. Wie der rotbraune Riese, der unser Freund ist. Wir bieten wie er die Stirn. Wir bleiben im sicheren Schutz des Acero.«

»Lasst uns gemeinsam als Stamm atmen. Damit sich Aboras Kraft entfalten kann«, ergänzte seine Mutter flüsternd.

24
Idafe

Noch immer spuckten die Berge Feuer und Bahnen aus glühendem Blut, brannten die Wälder im Süden, wurde die Erde erschüttert vom Grollen zorniger Riesen. Warum griff Abora nicht helfend ein und machte dem Grauen ein Ende? Sah sie wegen der vielen Rauchwolken nicht das Elend der Menschen?

Als die Frau mit den drei Augen ihren Gesang beendet hatte, legte Grea die Rohrflöte beiseite. In der nachfolgenden Stille war nur noch ein fernes Donnern zu hören. Es klang wie Meeresbrandung, wie wenn kräftige Wellen an Felsen prallen und Steine an der Küste zum Rollen bringen. Doch es war nicht das große Wasser, das dieses Geräusch verursachte, denn es lag ruhig da, weit und blau bis zur Grenze der Himmelswölbung. Es kam aus dem Innern der Erde, gleichmäßig wie Atem.

Um so überraschender war es, dass Mola plötzlich mit klar verständlicher Stimme sprach.

»Ich bin eine alte Frau«, sagte sie, »viel älter noch als Echey ... Aber so etwas habe ich noch nie erlebt. Nicht einmal in meinen Träumen. Ich verstehe auch nicht, warum die Geister der Erde so zornig sind.«

Gazma stieß einen Schreckensschrei aus und schlug die Arme über dem Kopf zusammen. Sie kennt es nicht, dachte sie. Sie weiß keinen Rat. Abora hat uns verlassen!

»Aber vielleicht können wir sie besänftigen«, sagte Mola. »Der sprechende Riese hat mich gerufen. Wir sollen zum ihm gehen und ein Opfer bringen.«

»Wer soll gehen?«, fragte Agar, der Mencey.

»Alle«, antwortete Mola. »Der ganze Stamm.«

»Und der gefährliche Weg? Der Fluss? Gilt das Tabu nicht mehr?«, fragte Gazma.

»Der Weg ist jetzt frei für uns«, sagte Mola mit fester Stimme. »Wir werden dem magischen Pfad folgen.«

Sie deutete mit dem Finger auf Agar.

»Und eine Ziege mitnehmen«, fügte sie hinzu. »Eine fette. Als Opfer.«

Das hörte Agar nicht gern. Aber er fügte sich. Niemand wagte, an der Hellsicht der Schamanin zu zweifeln. Auch er nicht. Also bat er Atog und Echentive, eines der Tiere auszusuchen und aus dem Stall ins Tal zu holen.

»Was machen wir mit dem alten Echey?«, fragte Chio der Läufer. »Wird der Marsch für ihn nicht zu beschwerlich werden?«

»Du hast doch gehört, was Mola gesagt hat« entgegnete Ula. »Wir sollen alle gemeinsam ziehen. Auch Echey. Er ist schließlich der Richter. Er muss dabei sein und mit dem Schwarm ziehen.«

»Wir werden es schaffen«, brummte Atog. »Notfalls trage ich meinen Vater ein Stück.«

»Wir können uns dabei abwechseln«, bot Chio der Läufer an.

Mit Grausen dachte er an den schmalen, steilen Pfad oberhalb des Tabus und noch mehr an den bunten Wasserfall, den es zu überwinden galt. Allerdings ging jetzt vielleicht auch alles viel leichter, seit das Wasser versickert und der Tabu in seinem Bett schmaler geworden ist. Nach der langen Trockenzeit ...

Sie brachen bald auf, nachdem hastig alle Vorbereitungen abgeschlossen waren. Essensvorräte wurden in Schilftaschen verpackt und mit dem Stirnband am Kopf auf dem Rücken getragen. So ging es am leichtesten und behinderte nicht beim Klettern, weil man beide Hände frei hatte.

Agar führte die Ziege am Band. Atog und Buca begleiteten den alten Echey, der darauf bestand, den gehörnten Stab mitzunehmen. Wenn es darauf ankam, würde er ihn als Gehhilfe benutzen. Aber so lange es ging, würde er frei laufen. Das war er seinem Ruf als ehemalige Ringer schuldig. Er war zwar alt, aber noch lange kein tattriger Greis. Und vom ständigen Donnern der Berge, das die Anderen so in Aufregung versetzte, vernahm er nur ein leises Wummern.

Chio der Läufer führte den Zug an. Es ging nur sehr langsam voran. Man musste auf die Kinder Acht geben. Aber sie gelangten, ohne dass jemand zu Schaden kam, heil über den Pfad am steilen Kamm. Nach stundenlangem, anstrengendem Marsch erreichten sie die kleine Hochebene nahe dem Bach mit dem klaren Wasser.

Dort wartete bereits Xacas Stamm. Die Menschen aus dem Urwald befanden sich in einem ähnlich besorgten Zustand wie die der Bucht. Ängstlich hockten sie im Schatten der Bäume zusammen, ratlos und erschrocken bei jedem heranrollenden Donner. Als sie Mola erblickten und ihre drei Augen offen fanden, fuhren einigen von ihnen tiefe Seufzer von der Seele. Die Medizinfrau war da. Ein gutes Omen!

Die Leute aus der Bucht ließen sich erschöpft auf die Nadelpolster sinken. Besonders Echey befand sich am Rand seiner Kräfte. Man musste ihm als erstem Wasser reichen und seine heiße Stirn benetzen, damit er wieder zu sich kam.

»Lasst uns die Vorräte teilen«, sagte Ula, die Wortführerin. »Das muss zunächst einmal reichen. Morgen schlachten wir die Ziege und bringen dem sprechenden Riesen ein Opfer.«

Erstaunt hörten Xacas Leute zu, als Ula über die Ereignisse berichtete. Von Molas Vision und ihrer Weissagung. Dass sie eigentlich eine Rabin war, die mit dem rotbraunen Felsen in Verbindung stand. Und dass sein Name »Idafe« sei, was Hoffnung bedeutet. Ja, Hoffnung – das brauchten sie jetzt in ihrer Not. Frieden mit dem Riesen und der schwankenden Erde. Morgen in aller Frühe würden sie zu ihm pilgern. Die Eingeweide der Ziege als Opfer bringen. Atog und Xacas Sohn Lobo sollten das tun. So hatte es Mola vorausgesagt.

Zwölf waren auserkoren, den bunten Wasserfall zu überwinden und bis zum Sockel des Idafe zu gehen. Dort sollten sie bleiben und auf die Rückkehr von Atog und Lobo warten. Nur zwölf von allen, die im Kreis sitzen durften. Ula nannte die Namen, die ihr die Schamanin unterwegs zugeflüstert hatte:

Agar und Xaca, die beiden Menceys, sie selbst, Mira die Wächterin und Tanat der die Adler sieht, Chio der Läufer und Ceo der Jäger, Tazo der Fischmann, Gara der das Meer riecht und Xacas Söhne Texo und Teno. Und natürlich Mola. Vorausgesetzt, man würde sie über den Wasserfall tragen. Auf keinen Fall wollte sie noch einmal mit fließendem Wasser in Berührung kommen.

Und was den Dorfältesten anbelangte, den alten Echey, so würde er sie bis zum bunten Wasserfall begleiten, den Hörnerstab tragen und ihn dort an den Häuptling weiterreichen.

Waren das wirklich die Worte von Mola gewesen oder hatte Ula etwas nach ihrer Deutung hinzugefügt? Sie wusste es nicht mehr genau. Aber da die Frau mit den drei Augen keinen Einspruch erhob, musste sie ihr Geraune wohl richtig wiedergegeben haben.

Sie entzündeten kein Feuer, aus Furcht, der Schein der Flamme könnte das große Feuer der Berge anlocken. Bis in die Nacht hinein lagerten sie dicht beieinander, erzählten den Kindern Geschichten, um sie vom Donner abzulenken, sprachen sich gegenseitig Mut zu. Alle schliefen in dieser Nacht äußerst schlecht.

Es war Mira, die als erste aufwachte. Sie fand sich in Tanats Armen, lauschte auf seinen Atem. Eine Weile blieb sie so liegen. Sie blickte zum Himmel und wartete auf das Nahen der Morgendämmerung, den ersten Sonnenstrahl, der über die Berge in den Kessel des Acero fiel.

»Wir müssen aufbrechen«, flüsterte sie Tanat ins Ohr. Der räkelte und streckte sich. »Ja, ich weiß.«

Auch die Anderen kamen nun langsam in Bewegung. Schweigend und mit ernsten Gesichtern formierte sich der Trupp, um zum Idafe aufzubrechen. Die Übrigen würden zurückbleiben und gute Gedanken aussenden, damit das Opfer gelänge. Atog aber hatte inzwischen abseits vom Lagerplatz mit einem schnellen Schnitt durch die Kehle das Leben der Ziege beendet. Echentive und Lobo halfen ihm beim Zerlegen des Körpers. Das

Blut wurde in einer Schale aufgefangen, damit kein Tropfen zu Boden fiel, die Innereien sorgfältig zwischen frischen Kiefernnadeln in einem Tragekorb verstaut. Das war für den Idafe bestimmt.

Als sie den bunten Wasserfall erreichten, übergab der alte Echey mit gemurmelten Segenssprüchen Agar den Hörnerstab. Der Mencey nahm ihn mit beiden Händen entgegen und küsste das Holz. Dann machte sich der Trupp an den Aufstieg. Als sie den Fuß des Idafe erreichten, wählten sie einen ebenen Platz unterhalb der Felsensäule aus und setzten sich wie verabredet im Rund zusammen. Dies wurde ein ungewöhnlicher Tagoror, eine Versammlung, bei der nicht gesprochen wurde. Nur das Schweigen galt. Und die guten Gedanken, die alle im Kreis dem rotbraunen Riesen zusandten. Nur so konnte die Zeremonie gelingen. Mola hatte einen Zeigefinger vor ihren Mund gelegt, als wolle sie sich selber am Reden hindern. Dieses Zeichen galt jetzt für alle.

Atog und Lobo zogen nun mit den Opfergaben weiter zur Felsensäule hinauf. Sie mussten in einem weiten Bogen an der Flanke entlang gehen, in geschlängelter Bahn höher über einen Bergrücken klettern, bis es zu steil wurde und nicht mehr weiter ging. Hier ragte der braune Riese aus dem Felsmassiv.

Während des Weges sangen sie, was ihnen die Dreiaugenfrau aufgetragen hatte: »Du musst essen, Idafe, damit du stark und mächtig bleibst. Schau: Wir bringen dir Opfergaben. Nimm sie an und beschütze uns. Halte mit deinen Schultern den Himmel fest und bewahre uns vor dem Wanken der Erde und dem großen Feuer.«

So sangen sie, Atog und Lobo, und wunderten sich nicht über die seltsamen Worte. Genau so hatte es Mola gesagt. Und sie war schließlich die Schamanin, Aboras Gehilfin auf Erden.

Sie legten die Gaben ab, entleerten den Korb und machten sich schweigend auf den Rückweg. Als sie bei der Runde eintrafen, herrschte noch immer Stille im Tagoror. Agar und Xaca hatten die Augen geschlossen und sahen aus, als würden sie schlafen. Aber der Eindruck täuschte. Agar hatte tief in sich hineingehorcht und dabei eine wohltuende Ruhe gefunden. So deutlich wie niemals zuvor. Er spürte, dass dies sein Anteil am Opfer war, dieses entschiedene Schweigen, das Einverständnis mit allem, was war.

Xaca fühlte ähnlich. Doch da er ja nicht das Ausmaß des Grauens kannte, das Mira und Tanat vom Adlerstein aus erblickt hatten, war seine Seele weniger beunruhigt. Seit er im Urwaldkrater lebte, hatte er fast schon das Wesen der Bäume angenommen, fühlte sich verwurzelt wie sie, kraftvoll, mit zeitlosem Atem.

Ganz kurz blitzte eine Erinnerung an das Ringkampffest in ihm auf, wie er sich mit Agars Stärke gemessen hatte. Wie lange lag das schon zurück! Rasch, wie es heran geflogen kam, verblasste das Bild und machte Platz für ein unendliches Grün. Er sah die Nadeln der Kiefern glänzen, Wälder aus wuchtigem Farn, das Sprießen von tausend wuchernden Pflanzen, Blüten in allen Farben des Regenbogens. Auch ohne Denken spürte er, dass hier in diesem besonderen Tagoror die beiden Stämme verschmolzen. Ja, das waren sie längst. Sie waren wieder ein Schwarm. In Not zusammengeführt, getrennt und wieder vereint. Damit war er zutiefst einverstanden. Noch nie hatte er sich – obgleich die Berge ringsum noch immer dröhnten – so sicher und aufgehoben gefühlt.

»Sag mir, was du siehst, Tanat.«

Mit diesen Worten brach Mola das Schweigen. Aber sie wisperte so leise, dass es nur er, der direkt neben ihr saß, verstehen konnte.

Tanat spähte zum Himmel und sah den großen Adler herankommen. Er ließ sich am Idafe nieder und fraß, was Atog und Lobo gebracht hatten. Er ließ sich Zeit damit. Mit weit ausgebreiteten Schwingen saß er da und zerlegte mit Schnabelhieben die Beute. Wie stark seine Krallen waren! Unwillkürlich berührte Tanat seine Halskette. Molas Geschenk am Tag der Namensfindung.

In diesem Moment blickte der Adler auf und in Tanats Richtung. Diese Augen, diese klugen, unergründlichen Augen! Es durchfuhr Tanat, als stünde er in direkter Verbindung mit dem mächtigen Vogel. Dem Mencey des Himmels.

»Was macht er?«, fragte Mola.

»Er ist satt. Jetzt will er in Ruhe verdauen. Er hebt sich mit dem Wind in die Luft.«

»Wohin fliegt er?«

»Zu einem hohen Baum. Dort ist sein Horst.«

»Das ist gut«, sagte die Frau mit den drei Augen. »Der Idafe hat das Opfer angenommen. Jetzt wird alles gut.«

Mola sprach wieder. Der Bann war gebrochen. Wie aus einem tiefen Schlaf erwachend, erhoben sich die versammelten Menschen und hoben die Hand zum Freundschaftsgruß. Der große Tagoror war beendet. Nun kehrten sie über den bunten Wasserfall zurück zu den Anderen. Diesmal trug Xaca die Medizinfrau auf seinem Rücken. Das Feuer wurde entzündet und das Fleisch der Ziege zum Garen aufgelegt. Heute würden sie gemeinsam beim Opferfest speisen, andächtig und still sich die Nahrung teilen. Für jeden gab es nur ein bisschen. Aber jeder bekam etwas ab. Mola wie immer ein Stück von der Leber.

Mira saß still in sich gekehrt neben Tanat und blickte mit den Augen einer Falkin zum Himmel. Über dem Urwaldkrater sammelten sich düstere Wolken. Es war kein Rauch, sondern ein hängender Bauch voller Wasser. Aber er platzte nicht. Ein kräftiger Wind aus dem Norden kam auf und trieb die geballten Wolkenberge nach Süden. Dort regneten sie ergiebig ab und löschten mit Aboras Hilfe die Flammen. Die Riesen im Umkreis beruhigten sich nach und nach und fielen zurück in ihren Jahrhundertschlaf. Die Natur ringsum wirkte wie gereinigt. Die Luft schmeckte wieder frisch und klar.

Auch die Menschen fanden zu Klarheit und Sprache zurück. Wie ein Wasserfall flossen die Worte plötzlich aus ihnen heraus und mit ihnen neue Gedanken. Jetzt, wo alles gut werden würde, wo Abora bei ihnen war und sie beschützte, wagten sie wieder aufzuatmen und neue Hoffnung zu schöpfen. Idafe. Es wirkte wie eine Befreiung.
»Lasst uns zur Bucht zurückkehren«, sagte Tazo der Fischmann. »Wir haben lange keinen Fang mehr gemacht.«
Gara der das Meer riecht und Cuperche stimmten ihm zu.

»Wir müssen uns um die Schweine kümmern«, meinten Buca und Atog.

Den alten Echey brauchte deswegen niemand zu fragen. Er vermisste die Nähe der grunzenden, schwarzen Borstentiere schon jetzt.

»Und um die Ziegen«, ergänzte Ula, die Wortführerin. »Das Futter, das wir im Stall zurückgelassen haben, wird nicht lange reichen.«

Tanat der die Adler sieht blickte Mira die Wächterin fragend an. Als sie nickte, merkte er deutlich, wie sehr sie sich ohne Worte verstanden. So war das von Anfang an mit den Beiden gewesen. Und so sollte es auch in Zukunft bleiben.

»Wir können die Tiere ins Hochland führen«, sagte Tanat. »Es gibt einen Weg an der Steilwand des Time. Und oben reichlich Futter. Mira und ich werden sie hüten.«

»Und ich?«, protestierte der kleine Como. »Ich dachte, wir jagen gemeinsam Drachen?«

»Bald«, zwinkerte ihm Chio der Läufer zu.

Er stieß Ceo den Jäger, der neben ihm saß, heimlich in die Seite. Der nickte und lachte.

»Natürlich gehen wir bald auf die Jagd. Du darfst den ersten Drachen erlegen. Damit du dir endlich einen richtigen Namen verschaffst.«

»Was meinst du zu alledem?«, fragte Ula die Frau mit den drei Augen.

Mola, die in Gedanken und Bildern versunken dagesessen hatte, richtete sich langsam auf und reckte ihre Glieder, als würde sie aus einem tiefen Traumschlaf erwachen.

»Ich bleibe hier«, sagte sie mit klarer Stimme. »Beim heiligen Berg Idafe. Ich habe es dem Riesen versprochen ... Geht nur. Bea die kleine Blume hat inzwischen genug gelernt. Sie wird meine Stelle einnehmen. Und ihre Schwester Nada wird ihr nach Kräften helfen, damit Aboras Werk gelingt ...«

In Gedanken ging sie bereits auf dem magischen Pfad zu jener Höhle, in der Tanat die Bilder gemalt hatte. Ihr Kopf kannte den Weg, und ihr Körper würde folgen, langsam, Schritt für Schritt, vielleicht kriechend wie eine uralte Echse ...

Nachwort

Dies ist die Geschichte von mutigen Menschen. Sie lebten lange vor uns in einer Welt, die wir Jungsteinzeit nennen, obwohl die Bezeichnung Holzzeit viel zutreffender wäre. Mit leichten Booten aus Schilf wagten sie sich hinaus aufs Meer, um eine neue, sichere Heimat zu finden. Sie entdeckten die glücklichen Inseln. Nach ihnen kamen andere Stämme und Völker. Sie folgten dem Ruf des Golfstroms, der als Einwegbahn zu den Kanarischen Inseln führt. Das ist die DNA ihrer Bewohner: ein genetisches Gemisch, das bis heute Rätsel aufgibt ...

Das Buch erhebt nicht den Anspruch, eine wissenschaftliche Theorie anzubieten. Es ist ein Roman, eine fiktive Erzählung. Aber so oder ähnlich könnte es gewesen sein ...

Es sind nun drei Romane, die ich meiner Wahlheimat La Palma widme, eine Trilogie: Mit ›Der die Adler sieht‹ tauchen wir weit in die Vorzeit zurück, zum Ursprung. ›Tanausu. König der Guanchen‹ handelt von der spanischen Eroberung 1492/93 und setzt dem Volkshelden La Palmas ein Denkmal. Und mit ›Die abenteuerlichen Reisen des Juan G.‹ erleben wir den Boom um das weiße Gold der Zuckerrohrplantagen und die Piratenkriege Mitte des 16. Jahrhunderts.

Danksagung

Mein Dank gilt diesmal besonders:

Meiner lieben Freundin Cornelia Bürger. Ich schreibe meine Bücher ja immer per Hand, hier auf La Palma. Also wurde das Manuskript, Kapitel für Kapitel gescannt, von ihr in Deutschland abgetippt und in lesbare Computerform gebracht. Zwischendurch gab es interessante Telefonate. Eine tolle Zusammenarbeit!

Meiner Frau Sylvia Catharina Hess, die seit vielen Jahren meinen Weg als Schriftsteller begleitet. Sie liest stets Korrektur und gibt kritische Feedbacks. Auf ihr Urteil kann man sich verlassen!

Der mutigen Verlegerin Barbara Bär, mit der mich inzwischen ein herzliches Verhältnis verbindet. Sie findet die besten Cover für meine Bücher. Danke Barbara!

Uwe Köhl, der für Layout und Satzgestaltung verantwortlich ist.

Ina und Rainer Irmen. In Corona-Zeiten ist alles anders. Keine Buchpräsentationen mehr, keine Lesungen (die ich leidenschaftlich gern mache) und der Buchhandel fiel so gut wie völlig aus. Umso dankbarer war ich, dass mir die Beiden einen Tisch auf dem Rastro in Argual anboten. Dort konnte ich wenigstens ein paar im Koffer mitgebrachte Bücher verkaufen. Das wichtigste auf dem

Flohmarkt aber waren die interessanten Kontakte und Gespräche.

Dörthe von La Palma 24. Auf dem Portal des Unternehmens sind mehrere Gastbeiträge von mir erschienen. Im Büro in Todoque werden jetzt meine Bücher angeboten.

Maria und Antonio, meine palmerischen Nachbarn und Freunde, die uns mit frischem Obst, Gemüse und Eiern versorgen.

Gerardo und Rosi. Von ihnen lerne ich nicht nur die spanische Sprache besser verstehen, sondern erfahre auch viel über die Eigenarten und Geheimnisse der Insel La Palma. Z.B. die jüngst entdeckten Höhlenmalereien, die menschliche Figuren zeigen. Der Fund ist eine kleine Sensation! Es ist schon merkwürdig, dass ausgerechnet zu einem Zeitpunkt, an dem ich den Roman schrieb, plötzlich die Personen als Felsbilder sichtbar in Erscheinung treten ...

Den alten Hirten, mit denen ich vor dreißig Jahren unterwegs war, als die großen Ziegenherden noch frei im Hochland weiden durften. Diese Männer zeigten mir unbekannte Wege, versteckte Höhlen, Quellen und Petroglyphen. Durch sie erfuhr ich viele Geheimnisse. Es waren würdige Nachkommen von Agar und Xaca, von Chio dem Läufer und Tanat der die Adler sieht.

Posthum meinen Lehrern Prof. Biedermann und Prof. Nowak vom INSTITUTUM CANARIUM sowie den

Kommissar für archäologische Angelegenheiten Ramon Rodriguez Martin aus Las Tricias und Dr. Thor Heyerdahl, mit dem ich die letzten Jahre seines Lebens auf Teneriffa zusammenarbeiten durfte.

Dem völlig entspannten weißen Kater mit den blauen Augen, dem wir den Namen Hasi gaben, weil er anfangs so ein Angsthase war. Inzwischen hat er mich als Dosenöffner und Dauerstreichler domestiziert. Das Glück ist eine schnurrende Katze …

Meiner Großmutter, die wie Mola ein drittes Auge besaß. Das war unsichtbar. Man nannte es damals ›das zweite Gesicht‹.

Vor allem aber meinen treuen Leserinnen und Lesern, die schon des Öfteren eine Zeitreise von mir miterlebt haben. Ich hoffe, euch hat auch diese, etwas ungewöhnliche und zudem mit seltsamen Namen ausgestaltete Geschichte gefallen. Bleibt gesund!

ISBN: 978-3-946751-88-5

ISBN: 978-3-946751-92-2

ISBN: 978-3-946751-90-8

ISBN: 978-3-946751-91-5

ISBN: 978-3-946751-94-6